LO SINTÉTICO

Narraciones sobre robots, seres poshumanos e inteligencias artificiales

Selección y prólogo de Salvador Luis

W0010890

HAL
9000
EDITOR

LO SINTÉTICO

Narraciones sobre robots, seres poshumanos e
inteligencias artificiales

Y AC dijo:
¡HÁGASE LA LUZ!
Y la luz se hizo...

Isaac Asimov

PRÓLOGO | La contigüidad del personaje sintético: de la antropogonía a la «sinteticogonía»

El adjetivo sintético, según el diccionario de la Real Academia, sirve para calificar «aquel producto que se obtiene por procedimientos industriales y que reproduce la composición y propiedades de uno natural.» Siguiendo dicha definición primaria, en este volumen conectamos el concepto de lo sintético con aquella entidad, máquina o presencia artificial con voluntad propia que surge de la fusión de la mecánica y la electrónica programable, la hibridación de lo humano y lo cibernético o de algoritmos o tecnologías que recrean, imitan o simulan el pensamiento, el movimiento, la experiencia, el sentir o la consciencia de seres biológicos, preferiblemente en el marco de la ficción científica y la tecnocultura.

Como menciona Elena Braceras, la ciencia ficción «responde al deseo de acceder a lo desconocido por medio de los recursos más inverosímiles y sobrehumanos» (7). En esa línea, la presente antología de relatos contempla universos narrativos del ámbito hispánico en los cuales la premisa o la centralidad de la ficción recae en la «sobrehumanidad» del personaje sintético: robots, androides, cíborgs, inteligencias artificiales, programas informáticos, redes neuropensantes, supercomputadoras, sujetos de la realidad virtual, etc., o también en las relaciones entre la humanidad primigenia y la poshumanidad. Por poshumano, cabe indicar, no entendemos simplemente el discurso apocalíptico y ennegrecido de un psicosocial de corte tecnopesimista —que ve en los avances de hoy a un Prometeo *cyberpunk* desbocado—, sino las complejas interacciones entre las formas de vida que *nacen* y los entes y cuerpos que se *fabrican* o *intervienen*.

De acuerdo con N. Katherine Hayles, «the posthuman does not really mean the end of humanity. It signals instead the end of a certain conception of the human» (286).[i] Esta nueva visión de mundo en torno a la existencia habla tanto de nuestra identidad como sujetos sociales y especie, bajo la mediación y el adelanto de la ciencia y la tecnología, como de nuestra supervivencia más allá de lo que consideramos auténtico y natural.

La cultura poshumana no es precisamente una invención establecida para distraer o entretener a las masas sino una realidad notoria, a pesar de que la ciencia ficción, por ser arte y oportunidad estética, la lleve al extremo de lo imaginable o permisible por la tecnología de hoy. Si bien la robótica y las ciencias informáticas están lejos aún de ahogarnos en una tecnodistopía o una ecofagia liderada por una inteligencia artificial como la Skynet de la saga de *Terminator* (1984-2019), es indudable que paseamos y abrevamos en un

---

i «[…] lo poshumano no significa realmente el fin de la humanidad. Señala, en cambio, el final de cierta idea acerca de lo humano» (la traducción es mía).

planeta conducido por los algoritmos computacionales de nuestras máquinas inalámbricas, las facilidades anatómicas de las prótesis impresas en 3D y los *exabytes* que nutren aquel insaciable Big Data que todo lo engulle y todo lo conoce.

Ciertamente, la automatización de nuestras vidas cotidianas (¿quién no ha sido alguna vez atendido por un contestador inteligente?), las teleoperaciones que permiten controlar un vehículo de la NASA en la superficie de Marte y la nanotecnología en el rubro de la salud nos hacen cada día más poshumanos, y esto, indudablemente, es solo un punto minúsculo en una línea de ascenso técnico y científico que invierte sobre todo en las facultades y las posibilidades de lo no-biológico. Sin duda, el personaje sintético de la ficción viene a representar ese cambio de paradigma acerca de la existencia y el vivir. Lo hemos visto repetidamente en narraciones como las que se recogen en *Yo, robot* (Asimov, 1950), en la ciencia ficción satírica de *Roderick* (Sladek, 1980) o en la novela distópica *Cuerpo de cristal* (Piercy, 1991). Y a pesar de que lo sintético trae consigo, como muchas de nuestras representaciones ficcionales, la presencia de angustias y miedos enraizados en la catástrofe, es también un símbolo del despertar de aquella cuarta revolución industrial en la que habitamos, pues tal y como sugiere Kakoudaki, esta figura «transcends the boundaries between inanimate and animate matter, embodying both technological and social innovation» (13).[ii]

Dicho despertar, sin embargo, moviliza tanto

---

ii «[...] trasciende los límites entre la materia inanimada y la animada, encarnando tanto una innovación tecnológica como una social» (la traducción es mía).

la atracción como la aversión de las personas, una dualidad concreta y simbólica que se ha convertido en tópico literario repetido desde la publicación de "El hombre de arena" (Hoffmann, 1816) y *Frankenstein o el moderno Prometeo* (Shelley, 1818). Como entidad cultural, el personaje sintético suele tener una relación directa con los dispositivos de la industria científica y la producción en masa del capitalismo, y por ende con aquella deshumanización y «decadencia del aura» de la que hablaba Benjamin (350). Lo no-humano y lo no-biológico, emparentados con la tecnología y la filosofía transhumanista de pensadores como Nick Bostrom, tienden a pintarse como no auráticos porque su esencia desestabiliza la evolución natural y, más específicamente, nuestra hegemonía en el orden de las cosas vivientes.[iii]

En ese tradicional orden gestor del *bios*, el ser humano, a pesar de representar el producto de una prosperidad joven, se encuentra ubicado en el centro del metarrelato como una figura dominante, muy superior al resto de las creaciones (naturales y sintéticas). No es coincidencia entonces, sino reafirmación de una política de vida, que casi siempre «la cuestión del personaje

---

iii Según el propio Bostrom, el sujeto transhumano, a diferencia del poshumano, se encuentra en *transición* hacia el nuevo paradigma, y añade que el transhumanismo es «el movimiento intelectual y cultural que proclama la posibilidad y la conveniencia de mejorar fundamentalmente la condición humana a través de la razón aplicada, en particular mediante el desarrollo y la creación de tecnologías ampliamente disponibles para eliminar el envejecimiento y aumentar las capacidades intelectuales, físicas y psicológicas del hombre.» (1; la traducción es mía). El texto original dice: «Transhumanism is the intellectual and cultural movement that affirms the possibility and desirability of fundamentally improving the human condition through applied reason, especially by developing and making widely available technologies to eliminate aging and to greatly enhance human intellectual, physical, and psychological capacities.»

artificial [evoque] necesariamente la cuestión de la otredad» (Mesa Gancedo 19). El «otro» sintético es para el psicosocial de la tecnofobia un dislocador peligroso. Lo hemos visto representado así y de manera reiterada en la cultura de masas literaria y audiovisual a través de la propuesta de diversos opuestos complementarios: perfecciones versus corrupciones, máquinas contra hombres, nosotros versus ellos, etc. Para los tecnófilos, simultáneamente, es una ventana poshumana abierta que ve en la presencia de lo sintético un elemento social constructivo. Ambas formas de sentir e interpretar los cambios tecnológicos —y en nuestro caso, los personajes de la ciencia ficción— hacen de los robots, los cíborgs, las supercomputadoras y las redes neuropensantes símbolos de lo contemporáneo que reflexionan acerca de la vida reciente y la autenticidad de la carne y la máquina, replanteando así la noción de *bios* y llevándonos a discurrir más allá de supuestos antropocentristas que reducen la perfectibilidad del cuerpo y la mente a parámetros exclusivamente biológicos.

No entendamos, sin embargo, esta selección de cuentos como un corpus que celebra ciegamente el transhumanismo y el poshumanismo y rechaza sin meditación la presencia de una justificada ansiedad tecnológica; que esta antología sea juzgada, en todo caso, como un texto que no huye del paradigma de lo poshumano para poder interpretar sus modos y funciones en las circunstancias histórico-sociales actuales.

Como indica Braidotti, el estudio de lo poshumano no busca hacer una alabanza vacía al discurso, sino que trata de reflexionar y plantear interrogantes sobre una condición que nos afecta «cuando los confines entre las categorías de lo natural y lo cultural han sido desplazados y, en gran medida, esfumados por los efectos de los desarrollos científicos y tecnológicos» (10). Lo que nos compete como seres humanos, creemos, es comprender que la condición poshumana —sus realidades, su imaginario y sus representaciones— es parte también de nuestra condición humana.

Gracias al escepticismo del pensamiento posmodernista, que relativiza los grandes relatos y a la vez traza nuevas coordenadas y sujetos deliberantes, vivimos, para bien o para mal, en una pluralidad cultural e ideológica que nos permite «horizontabilizar» el conocimiento. Esa horizontabilidad es vital para acercarnos a los tiempos sintéticos en los que vivimos, sobre todo porque, tal y como apunta Robin Murphy, en la actualidad la representación de lo sintético ha dejado de ser solo una referencia futurista entre amos y esclavos para convertirse en «explorations of what it means to be human» (5).[iv] No cabe duda, entonces, de que la digitalización del mundo y la proliferación de la robótica y la inteligencia artificial en la vida diaria han modificado el paradigma de relaciones entre lo biológico y lo sintético, pasando del distanciamiento tradicional hacia lo no aurático y deshumanizador a la interacción e integración profunda con lo maquínico y lo híbrido; lo que llega a producir, además, una nueva subjetividad a partir de dichos fenómenos.[v]

---

iv «[...] exploraciones sobre lo que significa ser humano» (la traducción es mía).

v Guattari, justamente, ha hablado de una «subjetividad maquínica/ electrónica» y de la forma en que esta evoca y provoca nuevas relaciones de poder: «las máquinas tecnológicas de información y comunicación operan en el corazón de la subjetividad humana, no solo dentro de su

De acuerdo con Lyons, la humanidad «has long benefited from an assumed link between biology and consciousness, a link that, due to progressing science and technology, is being questioned and challenged» (8).[vi] Lo cierto es que la manifestación de este cambio sociocultural ha sido expresado desde hace varias décadas en textos de ciencia ficción. Películas universalmente conocidas como *Metrópolis* (1927), *Planeta prohibido* (1956), la saga de *Blade Runner* (1982-2017), *RoboCop* (1987), *Ex Machina* (2015); historietas como *Astroboy* (1951-1968), *Ghost in the Shell* (1989-1997) y teleseries como *Neon Genesis Evangelion* (1995), *Humans* (2015-2018) y el *remake* de *Westworld* (2016), sin dejar de lado el canon literario de la ficción científica, crean nuevas implicaciones respecto del papel de los algoritmos, los circuitos integrados, el mundo psíquico individual y las funciones neurocognitivas superiores. Estas representaciones literarias y audiovisuales sin duda son el efecto de una realidad contemporánea cada vez más tecnificada y cambiante, y provocan, como bien apunta Lyons, una obsolescencia conceptual que desestabiliza

---

memoria e inteligencia, sino también dentro de su sensibilidad, afectos y fantasmas inconscientes. El reconocimiento de estas dimensiones maquínicas de la subjetividad nos lleva a insistir, en nuestro intento de redefinición, en la heterogeneidad de los componentes que conducen a la producción de la subjetividad» (4; la traducción es mía). El texto original dice: «Technological machines of information and communication operate at the heart of human subjectivity, not only within its memory and intelligence, but within its sensibility, affects and unconscious fantasms. Recognition of these machinic dimensions of subjectivation leads us to insist, in our attempt at redefinition, on the heterogeneity of the components leading to the production of subjectivity.»

vi «[...] se ha beneficiado durante mucho tiempo de un supuesto vínculo entre la biología y la conciencia, un vínculo que, debido al progreso de la ciencia y la tecnología, está siendo cuestionado y desafiado» (la traducción es mía).

el *bios* al amenazar «the very fabric of our existence on ontological terms» (4).[vii]

Lo trascendental del ser humano, aquella facultad de pensamiento y discernimiento que tanto nos preocupa exhibir, se vuelve a la vez significativo en muchos personajes de la ficción científica que adquieren consciencia a través de los caminos de silicio de la inteligencia artificial, multiplicando, por ejemplo, nuestra capacidad de cálculo y memoria. Dicha ciencia ficción, sin embargo, a partir de las acciones concretas de la primera revolución industrial y de sus derivados posteriores, es ahora también una realidad verificable. Nuestras representaciones especulativas en el arte solamente movilizan un imaginario que explota, entre otras temáticas fundamentales, la mecanización, la electrificación y la producción en masa, la automatización industrial a través de la robótica y la electrónica, la sistematización ciberfísica y la interconexión masiva de dispositivos digitales. Ya sea en sus variantes utópicas o distópicas, de colonización espacial o retrofuturistas, el personaje sintético de la ciencia ficción nos habla poshumanamente y, en esa comunicación figurativa en el papel o la pantalla, trasciende de una manera singular. Lo poshumano, efectivamente, se halla entre nosotros, y nosotros entre lo poshumano.

De acuerdo con el archivo estético, el primer encuentro con un robot en la cultura occidental fue propuesto en el teatro, imaginado en 1920 por el escritor checo Karel Čapek (1890-1938) en la obra *R.U.R.* (*Robots Universales Rossum*), y cuenta la historia de una rebelión de seres sintéticos con apariencia humanoide en una

---

vii «[…] el tejido mismo de nuestra existencia en términos ontológicos» (la traducción es mía).

fábrica administrada por hombres preocupados por el incremento de la producción y el dividendo monetario. La explotación y la esclavitud llevan a los robots en la historia de Čapek a tomar las riendas de la fábrica y planear la destrucción de la humanidad. Se trata de una ingeniosa obra con tintes marxistas que no solo invierte los típicos roles del amo y el sirviente, sino que comenta acerca de la deshumanización última del hombre, al abusar de la tecnología y hacerse tan frío como el cuerpo metálico de un mecanismo construido para asistirlo.

Desde el estreno de la obra de Čapek, el personaje sintético contemporáneo ha variado en su morfología y función en el imaginario de la ficción científica. De aquel robot esclavo, industrial, militar o doméstico, sujeto a los automatismos de su diseño, hemos transitado hacia la mixtura del cíborg, que Haraway define en su recordado ensayo feminista como un «hybrid of machine and organism, a creature of social reality as well as a creature of fiction» (150).[viii] El atractivo de esta figura, como señala O'Mahony, se halla tanto en la mezcla entre lo artificial y lo biológico como en las habilidades que se adquieren para expandir los límites del cuerpo natural a través de la tecnología implantable (10).[ix] De la misma forma, el androide o la ginoide extienden las condiciones físicas del tosco robot cotidiano (cúbico o cilíndrico y diferenciado del hombre debido a la poliarticulación

---

viii «[...] híbrido de máquina y organismo, una criatura de la realidad social, así como una criatura de la ficción» (la traducción es mía).

ix Teresa Aguilar García, en uno de los trabajos más llamativos acerca de este fenómeno, apunta que «la estética *cyborg* remite a la encrucijada de la interfaz humano/máquina como texto para leer el estatus humano y maquínico del sujeto del siglo XXI, así como a la superación de un estadio evolutivo antropocéntrico y a la interpretación de nuestra cultura ya desde presupuestos no exclusivamente esencialistas» (13).

mecánica o las ruedas) para entregarnos un ser
generalmente bípedo, autónomo y antropomorfo, que
en muchos casos desestabiliza nuestros sentidos y llega
incluso a alcanzar la apariencia de un sublime y seductor
replicante de Philip K. Dick.

El imaginario acerca del personaje sintético hoy
también incluye el universo de la inteligencia artificial
(IA). A grandes rasgos, esta disciplina técnico-científica
diferencia la inteligencia artificial débil (que resuelve
problemas muy concretos y delimitados gracias a su
programación, pero no puede adaptarse a su entorno)
de la inteligencia artificial fuerte (entidades que tienen
la habilidad de realizar las tareas intelectuales de un
ser humano). Un tercer tipo sería la superinteligencia
artificial, basada en la hipótesis de un futuro ser sintético
que ostenta facultades cognitivas sobrehumanas.
De todas ellas solamente la primera, la inteligencia
artificial débil, ha sido puesta en práctica y alcanzada
por nuestros ingenieros, demostrando que tanto la
creatividad, la adaptación al medio y el pensamiento
crítico no son fácilmente reproducibles en la actualidad
bajo condiciones que no sean biológicas.[x]

En la ficción, sin embargo, el imaginario de la
IA está poblado de los llamados agentes artificiales
autónomos (AAA). Tal y como su nombre lo evidencia,
se trata de entidades sintéticas que pueden tomar
decisiones y razonar al margen del hombre, en algunos
casos también pueden autorreplicarse, y constituyen la
tan temida «singularidad tecnológica». En este tipo de
historia cabe, por ejemplo, la representación de cerebros

---

[x] Esta es la razón principal por la que los robots, los programas y las
supercomputadoras que usamos cotidianamente solo realizan trabajos
repetitivos, sucios, aburridos o peligrosos.

artificiales, programas informáticos conscientes, redes neuropensantes, supercomputadoras, clones cibernéticos, memorias sintéticas libres, sistemas autónomos de nanotecnología molecular o sujetos y *bots* de la realidad virtual inteligente.

Aunque, como dice Margaret E. Boden, el futuro de la IA ha estado siempre bañado de hiperoptismo y a la vez de tecnopesimismo, las derivaciones éticas de una supuesta singularidad —el momento en que la inteligencia artificial exceda la capacidad intelectual humana y perdamos control sobre ella— son efectivamente reales y han llevado incluso a varios entendidos de la comunidad científica a abogar por la «IA amigable», que propone algoritmos computacionales beneficiosos y seguros para el ser humano (149-169). En todo caso, escritores como Asimov en "La última pregunta" (1956), Buzzati en *El gran retrato* (1960), Lem en "La máquina de Trurl" (1964), Clarke en *2001: Una odisea espacial* (1968) y Gibson en *Neuromante* (1984) han explotado célebremente las posibilidades ficcionales de la inteligencia artificial y sus repercusiones en torno a lo biológico.

Hoy en día, al pensar en la condición poshumana, estamos también obligados a pensar en un nuevo contrato social, tal y como sugiere Andrés Ortega. Un pacto «para gestionar la transición o el interregno hacia esa nueva situación antropológica, el paso de la simplicidad a una complejidad para la que mucha gente y muchas instituciones no están preparadas» (240). En efecto, a las generaciones actuales nos corresponde gestionar activamente este periodo de cambios tecnológicos y nuevas inteligencias en pos de un mañana más provechoso, pues aunque la angustia hacia lo sintético parta de algo hipotético o relativo, vivimos ya en una época en la que la velocidad de la tecnología y los algoritmos computacionales nos hacen progresivamente obsoletos para ciertas labores; una era ciberespacial en la que el impulso pigmaliónico y los poderes de los dioses fundadores se han infiltrado en el *software* y el *hardware*, y donde el gólem de Praga es al mismo tiempo una posibilidad autónoma e inteligente, virtual e infinita, compuesta de ceros y unos.[xi]

De algún modo, y sin percatarnos, en pocas décadas hemos pasado de la antropogonía, del relato del origen de los hombres y las mujeres, a la «sinteticogonía» y el mito fundacional de las entidades poshumanas; y en dicha versión de la creación —como en un sueño sempiterno de Nikola Tesla—, el hálito divino de Atenea se traduce en el impulso de la energía y en un motor orientado a los circuitos del universo. Los científicos especializados en robótica y los investigadores expertos en IA, como apropiadamente anota Richardson, crean espejos, nuevas formas artificiales de lo «viviente» que sirven para deliberar acerca de lo natural (11). Esos espejos que ahora oscilan entre la ficción y la realidad, a la mima vez, nos proporcionan una novedosa existencia a los seres humanos, y plantean más de un interrogante filosófico y más de un conflicto ético y moral en esta cambiante era de la tecnocultura.

Salvador Luis

---

xi Respecto de lo cambiante de la tecnología reciente, la célebre Ley de Moore, teorema formulado en 1965 por uno de los fundadores de la compañía Intel Corporation, predijo que el número total de transistores integrados en un circuito sería doblado cada dos años, y que su costo se reduciría significativamente. Dicho teorema no solo se refiere a la velocidad de los avances en el campo de los microprocesadores, sino que también ha demostrado ser exacto hasta la fecha.

REFERENCES

Aguilar García, Teresa. *Ontología cyborg: El cuerpo en la nueva sociedad tecnológica*. Barcelona: Gedisa, 2008.

Braceras, Elena. *Cuentos con humanos, androides y robots*. Buenos Aires: Ediciones Colihue, 2000.

Benjamin, Walter. *Libro de los pasajes*. Madrid: Akal, 2004.

Boden, Margaret. *AI. Its Nature and Future*. Nueva York: Oxford UP, 2016.

Bostrom, Nick. «The Transhumanist FAQ: A General Introduction». *Transhumanism and the Body*. Ed. Mercer, Calvin y Maher, Derek. Nueva York: Palgrave, 2014.

Braidotti, Rosi. *Lo posthumano*. Barcelona: Gedisa, 2015.

Gancedo Mesa, Daniel. *Extraños semejantes. El personaje artificial y el artefacto narrativo en la literatura hispanoamericana*. Zaragoza: PUZ: 2002.

Guattari, Félix. *Chaosmosis. An Ethico-aesthetic Paradigm*. Bloomington: Indiana UP, 1995.

Haraway, Donna. *Simians, Cyborgs and Women: The Reinvention of Nature*. Nueva York: Routledge, 1991.

Hayles, N. Katherine. *How We Became Posthuman. Virtual Bodies in Cybernetics, Literature, and Informatics*. Chicago: Chicago UP, 1999.

Kakoudaki, Despina. *Anatomy of a Robot. Literature, Cinema, and the Cultural Work of Artificial People*. New Brunswick: Rutgers UP, 2014.

Lyons, Siobhan. *Death and the Machine. Intersections of Mortality and Robotics*. Nueva York: Palgrave, 2018.

Murphy, Robin R. *Robotics through Science Fiction*. Cambridge: MIT Press, 2018.

O'Mahony, Marie. *Cyborg: The Man-Machine*. Londres:

Thames & Hudson, 2002.

Ortega, Andrés. *La imparable marcha de los robots.* Madrid: Alianza Editorial, 2016.

Richardson, Kathleen. *An Anthropology of Robots and AI.* Nueva York: Routledge, 2015.

Sobre esta selección de relatos

El propósito de la presente compilación es mostrar al lector diversas representaciones de lo que hemos denominado «lo sintético» en la narrativa hispánica del siglo XXI, subrayando la producción reciente de ficción científica en la región y sus características transnacionales. Este volumen, en consecuencia, se enfoca en las complejas relaciones que existen entre la humanidad y la poshumanidad, así como en las tecnofilias y tecnofobias que producen en la cultura y la estética contemporáneas los robots, los ciberorganismos, las máquinas electrónicas con voluntad propia y las tecnologías informáticas.

Los relatos seleccionados, igualmente, giran en torno a un imaginario compartido que examina un cambio de paradigma en proceso, y que se ve afectado por las inteligencias artificiales y la tecnocultura presente y venidera. Basándose en dicha premisa, los autores reflexionan sobre nuestra identidad como sujetos sociales y especie, teniendo en cuenta la intervención profunda de la ciencia y la tecnología y las derivaciones discursivas que estas producen al desestabilizar los conceptos tradicionales y los campos semánticos de la *creación* y la *naturaleza*.

Respecto de las temáticas reunidas en este libro, que abarcan modos de representación y subgéneros típicos de la ciencia ficción, hallamos narraciones de corte *biopunk* y *cyberpunk*, respectivamente, en «El lugar que habita la luz», relato de tinte homoerótico que discurre sobre una posible ingeniería mnemónica y la creación de cuerpos sintéticos extraordinarios, de Soledad Véliz, y en «Androides por subcontratación», de Luis Carlos Barragán; cuento que imagina, a través de la estética *neo-noir*, al personaje androide bogotano en un futuro imperfecto, visceral y farmacodependiente.

En una línea temática en torno al campo de la inteligencia artificial, las supercomputadoras y las matrices de realidad virtual podemos incluir la narración «La danza de Shiva», de Tanya Tynjälä, que aborda el dilema existencial de la supervivencia apoyándose en los laberintos digitales del cerebro sintético; «El informe Tenda», de Carlos Gámez Pérez, texto que examina, en el contexto de una posible singularidad, la creación artística y la transmisión de *data* a partir de misteriosos medios poshumanos; «*Braincraver*», relato con tintes filosóficos firmado por Verónica Rojas Scheffer, en el cual la unión de *software* y máquina desestabiliza las nociones tradicionales de razonamiento e inteligencia; y el cuento de amor digital «Un cero y un uno», de Francisco Bescós, narración que plantea un presente alternativo y un París idílico basándose en el imaginario de los algoritmos computacionales y la virtualidad.

Bajo distintas proposiciones, «La vida es para siempre», de Flor Canosa, y «Philip», de Pablo Erminy, comparten un interés ontológico por lo poshumano. En el primero de estos cuentos, la autora nos acerca a un personaje que podría ser o no ser una persona, y en cuya duda se refleja la angustia contemporánea orientada hacia la mortalidad. El relato de Erminy, por otro lado, conecta la existencia biológica, lo transhumanista y la consciencia de lo maquínico con el amor romántico, proponiendo un futuro en el que los afectos no cuentan ya con fronteras claras. En este mismo grupo de textos debemos incluir «R-Evolución selenita», de Cecilia Eudave, y su camino nanotecnológico hacia una novedosa vida poshumana interplanetaria que se construye a partir de la insurrección molecular.

Tomando como puntos de partida los temas del cuerpo robótico, la mimetización del androide y la otredad que se incorpora a ambas entidades, Ramiro Sanchiz en «Sobre la arena, bajo la piel» y Antonio Díaz Oliva en «Un mundo de cosas violentas y rígidos encuentros entre maniquíes vivientes» reflexionan sobre el presente y el pasado y el sentido de una vida artificial carente de fin utópico. En el primer relato, una gigantesca figura femenina varada en la costa sugiere un mundo prehistórico sintético, resaltando la mutación de sus circuitos en una contemporaneidad indocta y desatenta. En el segundo, una Santiago de Chile del mañana es el escenario donde seres humanos y «maniquíes», androides de compañía y servicio, coexisten en una sociedad de relaciones interespecíficas, marcada por la lógica de la propiedad y el biopoder.

Finalmente, la narración de exploración espacial encuentra también un lugar en esta compilación en «La oración de los conversos», de Malena Salazar Maciá, relato de ciencia ficción arqueológica que se enfoca en el antagonismo cósmico entre seres de distinto orden y en la transformación de lo orgánico en no orgánico.

Otras narraciones sobre los temas de lo sintético y lo poshumano, desde el autómata primitivo hasta los *bots* de las redes ciberespaciales

Desleal
13. "Minerva", Enrique Araya
14. "Rudisbroeck o los autómatas", Emiliano González
15. "Reflexiones de un robot", Osvaldo González Real
16. "La culpa es del robot", Daína Chaviano
17. "Bill Tu", Ilda Cádiz Ávila
18. *La ciudad ausente*, Ricardo Piglia
19. *Que Dios se apiade de nosotros*, Ricardo Guzmán Wolffer
20. "Padre Chip", Jorge Cubría
21. "Ruido gris", Pepe Rojo
22. *Flores para un* cyborg, Diego Muñoz Valenzuela
23. *Mantra*, Rodrigo Fresán
24. "La bestia ha muerto", Bernardo Fernández
25. "La quinta ley", Elia Barceló,
26. "La Biblioteca de Babel, versión 5.0", Vicente Luis Mora
27. "Oz", Carlos Yushimito
28. "Réplica", Daniel Villalobos
29. *Lágrimas en la lluvia*, Rosa Montero
30. "Patria automática", Álvaro Bisama
31. "Techt", Sofía Rhei
32. *Los últimos hijos*, Antonio Ramos Revillas
33. "*Cyber*-proletaria", Claudia Salazar Jiménez
34. "El Nuevo Teatro Anatómico", Salvador Luis
35. "Los fundadores", José Güich

Lo sintético

Un mundo de cosas violentas y rígidos encuentros entre maniquíes vivientes

Antonio Díaz Oliva

Camina por las afueras del aeropuerto. Una mochila negra cuelga de su hombro. A pocas cuadras la gente lleva su equipaje en carritos, pero él, luego de tantos viajes, se acostumbró a evitarlos.

Siente frío en las manos y en los pies. Este año la primavera demorará, como lo escuchó en el noticiero esa mañana, y también se enteró de un nuevo frente polar que llegará la semana entrante. Para ese entonces, cree, inevitablemente recordará sus primeros inviernos viviendo solo, en ese departamento amplio y sin calefacción del centro, y todas esas noches antes de irse a la cama, cuando se desvestía y luego, para acostarse, se vestía: parka, chaleco y calcetas gruesas.

El transfer se acerca por la carretera. Es una camioneta negra con dibujos de aviones blancos y nubes frondosas. Él señala con la mano derecha. La camioneta se detiene. Sube. Se paga, dice el chofer, y le pasa tres mil pesos. En los asientos traseros van dos azafatas y un sobrecargo revisando sus teléfonos; parecen estáticos, solo sus dedos se mueven. Él, a su vez, va solo: nadie a su derecha o izquierda.

Recibe el vuelto, la boleta y da las gracias.

El transfer parte.

Se acercan al centro.

La ciudad parece ausente: una neblina inusual, apenas gente en las calles, y las micros, casi vacías y con las luces bajas, escasean. Van cuatro años desde que comenzó con este trabajo. Y cada vez más —día a día, semana a semana, mes a mes—, el viaje de regreso a casa parece eterno.

Luz roja.

El transfer se detiene en una esquina. Es un sector comercial, cerca de las distribuidoras de pisco y vino y de las tiendas con artículos para fiestas y cumpleaños. A su derecha, no muy lejos de una estación de metro con nombre de presidente, ve a cuatro punks maniquíes. No alcanza a distinguir con claridad; al principio ve —o cree ver— un bulto en el suelo. Los punks pegan con fuerza, se ríen e insultan al aire; el bulto bien podría ser un perro cubierto por una frazada. Probablemente un perro callejero, piensa, aunque no puede ser así: la mayoría de los punks —según leyó en el diario del gobierno— hoy por hoy son animalistas. Antisistémicos y animalistas. Entonces ve manos y pies y —de nuevo: puede ser el cansancio— distingue una mancha de sangre debajo del «perro callejero» cubierto por la frazada. Alcanza a ver un punk que levanta sus bototos. Está por aplastar la cabeza o la sección del bulto donde supuestamente hay una cabeza cuando dan la luz verde. El transfer acelera.

Todavía piensa en eso: en el bulto sangrante. Busca apoyo visual en las azafatas y el sobrecargo. Pero los tres, como buenos maniquíes, miran al frente; un punto de fuga que él no comparte: tubos de neón que conforman una publicidad que incluye la siguiente frase: *Y hoy, ¿por qué no?* Y a un costado una botella de champagne que se abre y de la cual sale un líquido que cae en una copa.

Su edificio queda en el centro de la ciudad, en el área de las pollerías y los cibercafés. Es un barrio cambiante. En cinco años se destruyeron todas las casonas y ahora son casi todos edificios nuevos. Una inmobiliaria se adjudicó la mayoría de las licitaciones, comenzó a construir y entonces vino el terremoto, la mitad de la población humana desapareció, así que se designaron como zonas de vivienda mixta. Por eso su edificio —que tiene forma de barco— está ladeado y los departamentos incluso sin terminar.

Se baja de la camioneta.

En la puerta no hay nadie, pero la ausencia de

un nochero no le extraña. Tampoco que las luces de la entrada no estén encendidas. Primero tira la mochila y después salta la reja. Cae sobre el pasto, justo cuando los aspersores comienzan a rociar agua sobre lo poco que va quedando de verde, y así sus rodillas se manchan con barro. Entra a la recepción pensando que mañana tendrá que lavar su ropa antes de salir al trabajo, cuando en el lobby se encuentra con una mujer que está sentada en el sillón negro y hojea la revista *Datos y Avisos*. Hay un animal sobre sus piernas. Pasa al lado de ella y la nota arrugada y vieja. Ella lo mira con deferencia y a la vez con miedo. El animal es un hurón amarrado con un collar. Este saca sus colmillos con la intención de amenazarlo. Gruñe.

Antes de subir al ascensor revisa su casilla de correo: cartas, cuentas y dos números de la revista informativa del gobierno. Las saca del plástico para revisarlas ahí mismo. En una se anuncia la llegada de un nuevo canal informativo; en la otra la posibilidad de ver fútbol y tenis las veinticuatro horas, aunque solo encuentros entre maniquíes. Ambas son números atrasados. Guarda las revistas en su mochila negra, bota el resto de la correspondencia y camina por el pasillo.

Ascensor.

Ya no se sorprende al verse reflejado, sin rostro alguno, en las murallas con vidrios del ascensor. Adentro, al lado de los botones que indican los pisos, hay un anuncio. Ese fin de semana se realizará una junta extraordinaria del consejo de vecinos y allegados del edificio. El tema a debatir, lee, serán los incidentes causados por el arrendatario del 85 en el área de eventos. Al parecer el inculpado, el arrendatario del 85, le pagó a uno de los nocheros para que no pusiera el cobertor sobre la piscina. En medio de la celebración, la novia del festejado, o sea, el arrendatario del 85, lanzó una botella de whisky al aire, y esta, al golpearse en uno de los bordes de la piscina, se desperdigó en el fondo. Luego ve que en el anuncio se mencionan uno por uno los casos de los niños accidentados al bañarse (todos humanos). Nota que debajo de la comunicación alguien pegó fotos; hay sangre y cristales incrustados en pies pequeños, además de imágenes de los niños llorando. De igual forma ve que en la misma hoja, escrito con un plumón grueso, está el nombre del arrendatario y su novia, junto al teléfono y mail del primero, y varios insultos. Se alienta a llamarlos y acosarlos hasta que den la cara.

Antes de bajarse del ascensor, anota el nombre y el teléfono en el borde de una de las revistas.

Cada vez que entra a su departamento —especialmente si es de noche— evita prender las luces por unos segundos. Cree que así es la mejor forma de espiar a los vecinos. Pero esa noche no hay nada interesante. Apenas se entretiene con dos escenas. Una pareja que cena a las velas y un joven que se masturba frente al computador. El resto —cada uno de los ventanales y balcones de un edificio también a medio construir— proyecta oscuridad y ausencia.

Más que un hogar, su departamento le parece un estacionamiento, ya que solo duerme ahí entre viaje y viaje.

Se prepara un sándwich con lo poco que encuentra en el refrigerador: queso, una hoja de lechuga casi congelada, un pepinillo que flota solo en un tarro de vidrio, mostaza, dos aceitunas sin cuesco. La única mostaza que queda es la francesa; de todas maneras la echa a su pan, aunque esa noche lo más probable es que duerma mal ya que su cuerpo está aprendiendo a digerir.

Come parado, casi atragantándose, aún a oscuras.

Solo al terminar prende la luz.

De postre saca una *cassata* de la parte de arriba del refrigerador. Está a punto de vencer. Al abrirla se sorprende: la parte del chocolate está cuchareada. Y no recuerda si fue él. O cuándo compró el helado. O si ya estaba así cuando le asignaron este departamento. Al principio se enoja, aunque luego piensa en el dedicado trabajo, casi una operación con bisturí; las partes de vainilla y frutilla intactas, y ni rastro de la existencia del chocolate. Piensa que no puede haber sido humano. Toma una cuchara grande y se tira en la cama. Una vez más abre las revistas gubernamentales, las hojea sin detenerse mucho en el contenido y prende la televisión. Primero aparece el mensaje del gobierno; letras blancas y parpadeantes sobre una pantalla negra. Cucharea la *cassata* hasta que el sabor de la mostaza francesa se desvanece en su boca. Aún no se acostumbra a cosas como esa. Le gusta creer que su lado maniquí predomina. Pero a veces el otro lado, el humano, es más fuerte.

Sabe que a la mañana siguiente, culpa del helado, tendrá las manos dulces y pegoteadas, pero le da flojera ir a lavárselas. Busca los canales deportivos: un partido de tenis entre maniquíes. No le interesa. Cambia: ahora es un partido de fútbol. Santiago Morning pierde por goleada. No reconoce al otro equipo. Al rato se aburre de ver hombres y maniquíes corriendo tras una pelota, además apenas hay gente en el estadio y la niebla hace difícil distinguir a los jugadores.

Esa noche duerme sin ponerse piyama ni apagar la televisión. Finalmente la mostaza no le causa malestar. Al contrario: lo seda, lo ayuda a dormir mejor. Esa noche, incluso, llega a roncar.

Suena el despertador. Calcula: cinco horas de sueño. En verdad no necesita más que eso.

Aún le falta para tener que dejar el departamento y enfilar hacia el aeropuerto, así que decide hacer un poco de ejercicio. Se pone un buzo y zapatillas.

Ascensor. Una vez más la hoja con la reunión extraordinaria. Las fotos de pies con sangre y cristales. Nuevos insultos en los bordes de las hojas. El llamado a acosar al arrendatario del 85 y su polola.

Llega al último piso. Pasa por el área del quincho, que está cerrada con cinta amarilla policial, y entra al gimnasio del edificio. No hay nadie. A lo lejos, en una de las corredoras, distingue una cosa pequeña y peluda en movimiento. Se acerca: el hurón de la noche anterior, atado a una de las esquinas de la máquina con una correa, corre como esos hámsteres dentro de una rueda giratoria: rápido y sin respiro. Se detiene a mirarlo. Todavía no entiende la afición humana por los animales. Ese apego a controlar otro ser viviente. A los pocos segundos, desde uno de los baños del gimnasio, aparece alguien: es la dueña del hurón y ahora que la tiene más de cerca, piensa que no está tan mal. Algo le sucede en el cuerpo. Una leve electricidad que se centra en algún lugar por debajo de su cintura. Se pregunta por qué le colgó el título de señora cuando con suerte tiene dos o tres años más que él. No cruzan palabra. Debe ser uno de esos humanos asustadizos. Ella lo mira igual que la noche anterior, aunque ahora con más miedo que deferencia, y pese a eso le escucha un tímido *hola* antes de sacar al hurón de la corredora y salir rápidamente del gimnasio. Se queda pensando en la fragilidad de la mujer y lo fácil que sería someterla de la misma manera en que algunos maniquíes someten a los humanos. La corredora del hurón sigue funcionando. Y también la televisión: es un especial del canal educativo sobre mascotas que se parecen a sus dueños. Lo cambia. Ahora aparece el mismo científico de siempre con un cuadro evolutivo para explicar el mestizaje entre humanos y maniquíes. Lo ha visto un millón de veces. Apaga la televisión y la corredora. Se conecta los sensores en las sienes, se sube a una bicicleta y pedalea. Suda un poco. Pedalea más fuerte. Suda un poco más.

Sale del departamento con la misma mochila negra al hombro. Tampoco hay conserje a esa hora. Revisa el correo: son dos informativos que bota a la basura sin abrir, probablemente sobre la crisis humanitaria y el mestizaje. Al pasar por el lobby, una vez más se topa con el hurón y la mujer. Ahora el animal está dentro de una jaula y ella —que le parece incluso aún más atractiva que la última vez— lleva una maleta pequeña y ridículamente rosada con rueditas.

Ahora él sonríe coquetamente. Y ella le devuelve la sonrisa. Se pregunta si es humana o mixta. Porque no parece maniquí. No. Avanza por el lobby del edificio. Pasa cerca. Siente algo en su cuerpo. El hurón lo apunta con la nariz. Intenta morderlo a la distancia. Gruñe.

El conductor es un gordo ojeroso y parlanchín. Habla mucho y de todo, aunque el tema principal es la niebla de la noche anterior. Él mira por la ventana y cuenta las estaciones de metro que van pasando. En cada una hay un repartidor del diario gratuito; una persona vestida de naranja fosforescente y filas de gente entrando y saliendo, como hormigas, que le piden un ejemplar. También pasan por un restaurante chino de fachada amarilla con la frase *Happy Every Body* en letras de neón, y entonces la camioneta se detiene. Mira a un costado. Es la misma esquina de la noche anterior. Reacciona. Busca el lugar exacto. Y lo encuentra. Le pide al conductor que se calle. Nota varias chaquetas de cuero desparramadas por el suelo y al lado el bulto de los punks. También ve varias botellas de cerveza alineadas como pinos de *bowling*. Esta vez se fija mejor: el bulto no es un ser humano o un perro de la calle; es un colchón viejo con un gran tajo al medio. Pero la mancha roja sigue ahí. En cualquier minuto pasarán los limpiadores maniquíes a mojar y barrer estas calles.

La luz cambia y el conductor le vuelve a hablar. Acelera. Ya casi llegan al aeropuerto.

Se paga, dice el chofer, y le pasa tres mil pesos antes de bajarse; le desea un buen día. Avanza por el costado de la carretera. Más allá, en el área de estacionamiento, ve que la gente camina con carros y acarrea maletas con ruedas. Llega a la caseta y saluda a su compañero. Se sienta y prende la radio.

No demora en aparecer el primer auto de la mañana. Es un maniquí *yuppie*, probablemente de Sanhattan, probablemente ricachón; de esos que pagan grandes cantidades por un poco de compañía humana.

Viene con prisa.

Hay algo en su cara, piensa, algo anuncia sus ganas de apurar el trámite. Un tic, tal vez. El auto se detiene. Lo saluda y le recibe el billete de cinco mil, se asegura de que no sea falso; le pasa el vuelto, su boleta, y se toma unos segundos —solamente para sentirse superior— antes de presionar el botón que eleva el mástil y permite que los autos entren al aeropuerto. Le desea un buen día. El maniquí *yuppie* no responde. El auto avanza lentamente. Desde la caseta no alcanza a ver todo, además por momentos una estela de polvo le dificulta la vista; pero en el asiento trasero, de todas maneras, distingue al hurón. Este va en la jaula y lleva la correa al cuello. También ve a la humana con un pedazo de cinta negra en la boca y las manos atadas, a un costado del animal. La ve balancearse inquietamente y sostener, con sus piernas, la maleta rosada con rueditas.

El auto pasa la caseta.

Presiona el botón.

La barrera baja.

El informe Tenda

Carlos Gámez Pérez

A Agustín Fernández Mallo

Resurja aquí la muerta poesía
DANTE ALIGHIERI

Informe sobre Frank Tenda y *La Comedia del Arte*
Posteado el 7 de enero de 2201

La Comedia del Arte, o *The Art Comedy*, fue un texto polifónico que empezó a circular por la red a principios de 2131. Inicialmente, se desconocía que fuese un poema. Pero un importante grupo de eruditos consiguió compilar lo que, se cree, es la edición definitiva de aquellos textos dispersos, que podían aparecer en publicaciones electrónicas de prestigio, en estados de Facebook, o en espacios web recónditos de la internet profunda, siempre en verso libre. Tras una exhaustiva datación cronológica de cada fragmento, y su adecuada ordenación, se pudo afirmar que se trataba de un extenso poema, y que tanto «*The Journey of Our Life*»

(«El camino de nuestra vida»), fragmento con el que se inicia la serie, como «Georg Cantor», último de los textos encontrados, forman parte de una composición única y fractal, la última en la cultura occidental que vio el siglo XXII.

Al principio, nadie dio valor a esos textos, atribuidos a un desconocido Frank Tenda, que los firmaba con una etiqueta digital. Empezó a interesar a los círculos culturales norteamericanos por el idioma que utilizaba. No se trataba del inglés propio de un italoamericano, sino de un inglés genérico sin sustrato oral específico, la jerga común en los foros de producción científica internacional. Era la primera vez que este tipo de lenguaje se utilizaba para la creación artística.

Cada vez más gente quiso conocer la verdadera identidad que se ocultaba tras el seudónimo de Tenda. Primero creció el interés en el mundo académico. Los fragmentos ocultaban una crítica velada a las más importantes obras de la cultura occidental. Ya desde el título, el escrito inaugural se esforzaba en desmontar el andamiaje de *La Divina Comedia*. No tardaron en multiplicarse fragmentos igual de corrosivos sobre *El Quijote*, los dramas de Shakespeare, la música de Mozart, *Moby Dick* o las películas de Orson Welles. El último estaba dedicado a «El Aleph» de Borges. De los comentarios particulares de cada una de esas obras surgía *La Comedia del Arte* como un todo, en una estructura inversa a la de las composiciones que inauguran la modernidad. Unas veces se trataba de una simple frase en Twitter, otras era una larga entrada en un blog que desaparecía de la noche a la mañana, y que hubiera requerido de páginas y páginas en su versión impresa.

El autor incógnito se ganó pronto el favor de los grupos alternativos y los usuarios críticos. Algunas personas postularon que tras ese nombre se escondía una mujer que se reía de la cultura patriarcal. Mucha gente afirmó que se trataba de un científico latinoamericano de ascendencia indígena que pretendía burlarse de la civilización dominante. Otros decían que se trataba de un escritor africano poscolonial; aunque desde Asia se aseguraba que era un autor chino que había aprendido, no sin dificultades, a expresarse en inglés. Los ecologistas vieron en Tenda a un defensor de las energías renovables. Sus críticos, en cambio, decían que se trataba de un equipo de espías rusos encargados de derrumbar el prestigio de la democracia occidental gracias a un ejército de *bots*. Lo único cierto era que la celebridad de Tenda aumentaba entre el público conforme se constataba que se estaba mofando de aquellos que detentaban la autoridad de la producción cultural. Se fabricaron camisetas, llaveros y tazas con su nombre. Se organizaron congresos internacionales sobre su obra. Se celebraron festivales poéticos en su honor.

Pero un día cruzó una línea demasiado peligrosa. Se publicó un artículo en un diario digital con su nombre en el que se apropiaba de los poemas de Carlo Danieri, fallecido vate italiano, muy valorado en EE.UU., para componer una crítica del capitalismo. La reacción de la viuda de Danieri y de su agente en Norteamérica no se hizo esperar. La querella obligó a las autoridades a ir tras la pista de Tenda.

Mientras los textos seguían apareciendo, se organizó una intervención internacional que pretendía detener al autor, ya que no se podía confiscar la obra. Todo el operativo desplegado confluyó en una calle deshabitada en la que volaban los cartones abandonados, arrastrados por el viento. Allí se localizó una nave industrial frente al Club Paradise, por entonces el local de alterne más grande de Europa, a las afueras de La Jonquera, junto a la línea divisoria entre Francia y España. Según los investigadores, de aquella nave surgían las creaciones firmadas por Tenda, y después recorrían la web mediante una complicada trama de servidores espejo hasta cualquier ordenador del mundo, donde salían publicadas.

La detención se transmitió en directo. Cuando los agentes penetraron en el despacho donde debían encontrar a Tenda, se toparon con un gran servidor, una mesa y una silla de oficina vacía, una silla que había estado desocupada durante años, si es que había sido utilizada alguna vez. Era el aparato informático el que etiquetaba y conectaba los contenidos seleccionados que se publicaban en los distintos rincones del planeta para darles un sentido lógico. Eso había confundido a los investigadores, a los eruditos y al público.

Última actualización: 8 de abril de 2218

Fin del informe.

R-Evolución selenita

Cecilia Eudave

Detuvo su mirada después de observar la planicie oscura del cielo nocturno en los blancos campos de la luna. Sus ojos podían distinguir los diminutos cráteres y el suelo estéril de la superficie desde ese pequeño montículo de tierra recubierto de un fino pasto parecido a un musgo delgado y pegajoso; sin binoculares, sin un telescopio, solo con sus ojos apreciaba la erosión y la fatiga de ese satélite luminoso y sin vida. Se estremeció. Más bien fue una sacudida interna que la obligó a despejar ese pensamiento inútil de melancolía, pero ella insistió en sentir algo, aunque fuera un presentimiento de catástrofe.

Mientras se debatía en ello, una brisa breve le tocó el rostro, era fresca o casi helada, pues al tocar las mejillas se cristalizaban un poco, aunque inmediatamente un calor interno se encargaba de eliminar la insinuada escarcha de la cara y del resto de su cuerpo. No sentía frío, no sentía casi nada. Era el momento justo, debía actuar ya o se perdería para siempre en esa revolución interna que estaba arrasando con todo. Su orgullo se desmoronaba, su sexo ya no era sino un reducto decorativo y pálido de ecos placenteros, a lo sumo expulsaba una orina gris inodora, espesa o muy líquida dependiendo de... quién sabe qué estaban haciendo con ella. Y sus ansias habían sido reducidas a la aspereza de seguir y seguir, o de dejarlos seguir y seguir. ¿Las sensaciones? Estaban a punto de desaparecer y también arrasadas por la derrota de saberse invadidas, de saberse invasión. «Los nanorobots van solo equipados con fagocitos mecánicos. Te ayudarán a combatir la enfermedad, serán tus nuevas defensas naturales. No te preocupes, nosotros los controlamos», le aseguraron.

Si nadie puede controlar a la naturaleza... ni siquiera a una nueva naturaleza...

Lo vio llegar entusiasmado, ansioso, vivo. No pudo sino sentir repugnancia, aún se movían algunos sentimientos en su cerebro, no los más nobles ciertamente, aunque poco a poco su antigua conciencia era reducida, o recluida, a las paredes mentales de la lógica y la preservación. Algo quedaba de ella, algo.

—¿Dónde estabas? Tengo horas buscándote. ¿No pudiste esconderte en un lugar menos frío? Si no fuera porque puedo rastrear a «los inquilinos», no doy contigo nunca.

Siempre le pareció estúpido que los llamara de esa forma, quizás a los primeros sí, porque entraron y salieron después de operar algunos cambios internos y depositar células artificiales que se encargarían de verificar las conexiones y establecer contacto con su ADN, de construir puentes de ¿comunicación? entre las células nativas de su cuerpo y las extranjeras que llegarían para quedarse. A esas ella las bautizó con otro nombre: las selenitas. Quizás porque le gustaba desde niña mirar la luna, quizás porque se sabía ya una habitante lunar.

Así que, sin demorarse más en ese ocioso pensamiento, le contestó sin entrar en detalles:

—He estado en todas partes, creo que puedo estar en todas partes.

—Sin juegos, tenemos que hablar. No puedes andar por ahí. No ahora que estamos tan cerca. No debes escapar más.

Motivos no le faltaban para matarlo ahí mismo, para que una sola de sus manos le hiciera crepitar la cabeza. No, no la escuchaba nunca, solo se interesaba por saber qué pasaba dentro de su cuerpo, no por cómo se sentía con «las selenitas» hurgándola, despojándola, expulsándola.

Él se apegaba a los datos, estaba demasiado enceguecido por la superficie de los resultados «positivos» como para preocuparse por las razones que la orillaron a ella y a los otros a entrar al programa de nanobiotecnología médica con la esperanza de disminuir el dolor; no de ser mejores o aspirar a una eternidad celular absurda. Y así los llenaron de microvíboros de cuarta generación, de cócteles celulares bajo diseño específico. Luego él y sus compañeros de ingeniería vital se sentaron a esperar a que el azar les arrojara las condiciones necesarias, las combinaciones perfectas para que un buen golpe de dados biomoleculares expulsara una nueva naturaleza.

Bajó el montículo de un salto y cayó erecta delante de él.

—Asombroso.

—No has visto nada aún.

—Pues quiero verlo todo —y abrió su maletín—. Antes tengo que inyectarte; no solo rompiste el protocolo de seguridad sino también el cronograma de aplicación de las dosis.

Ella se aproximó y extendió su brazo, que ahora le parecía cada vez más plomizo, al igual que sus venas. Mientras él preparaba la jeringa, ella pudo mirar con detalle su piel rugosa, los vasos capilares exaltados, enrojecidos y azulados, el sudor exhausto que seguro se generó por la fatiga del viaje a pie hasta ese claro del bosque. Respiró profundo como para atraer algún olor de ese cuerpo vejado por los años que se mantenía fuerte por la excitación de los descubrimientos, y le resultó agrio y desagradable. Desde hacía una hora sus sentidos se habían potencializado; podía escuchar, oler, observar, sentir, degustar todo el cuerpo de él, cada órgano, cada pulsión sanguínea salida de aquella maquinaria imperfecta que cumplía cabalmente con mantenerlo vivo. Pero lejos de resultarle placentero o emocionante lo encontró poco funcional, una sobrecarga de sensaciones, ahora inútiles, le restaban potencial a otras actividades que creía —¿por qué creía eso?— eran más importantes o esenciales en la etapa del proceso de reajuste corporal.

La aguja no podía penetrar la piel endurecida y cada vez más gris, así que buscó otra, y mientras lo hacía comenzó a hablar emocionado:

—Padecías de fragilidad capilar, era una tortura ponerte una intravenosa sin provocar inmediatamente hematomas muy dolorosos. Ahora ni siquiera puedo introducir esta aguja estándar en tu piel. ¿Lo ves? Estás curada, estás fortalecida, incluso más joven. En el último estudio comprobamos que tu cuerpo no solo sanó, ahora es perfecto. Lo sabía, no era una simple intuición: las células piensan y actúan en consecuencia, no solo se orientan hacia la conservación y la multiplicación. Podemos copiar sus sistemas de pensamiento, su lógica, estandarizarla, sujetarla a nuestras necesidades. Su euforia no le permitía ver que ella no solo estaba curada, sino que no tenía ni una sola arruga, su epidermis era impecable e impenetrable; no emitía aromas porque no emanaba ningún tipo de fluido que desintoxicara su organismo. Había perdido, además, la capacidad para gesticular, manteniendo una expresión estoica, casi críptica. Había dejado de comer hacía una semana, de beber hacía dos días. Cerraba los ojos intentando evadirse, imaginando aquello como una lenta pesadilla de la que cuesta despertar pero de la que se despierta. No, eso no era posible, pero a cambio descubrió que podía mirarse hacia dentro, milímetro a milímetro, y de golpe se recorrió toda. Su interior se antojaba una ciudad habitada por pequeños autómatas esféricos, cilíndricos, politopos, cónicos, triangulares, poliédricos, sugiriendo todas las dimensiones desde planas hasta volumétricas. Un universo oscuro que iba de un índigo exuberante a un negro imposible de distinguir en su principio y final, lleno de movimiento organizado pero convulso, pues aún distinguía algunos elementos ajenos a esas pequeñas circunstancias robóticas que cazaban puntos blancos, rojos o magentas; o iban tapiando pequeños orificios amarillos, verdosos, ganando la batalla.

—Estaba en lo cierto. No debemos únicamente reorganizar los átomos y colocarlos en su lugar para erradicar virus, enfermedades autoinmunes, congénitas o detener los estragos de la vejez. Tenemos que reemplazar las células viejas o enfermas por otras artificiales que piensen como las humanas, sientan y actúen a su semejanza para que convenzan a las originales de que no son intrusas sino sus iguales, más fortalecidas, mejor dotadas, sin puntos ciegos, sin fallos, perfectas; y así las copien, las imiten. De ese modo ya no tendremos que fabricarlas, el propio individuo comenzará a desarrollarlas, a autoconstruirse... Después de varios intentos por inyectar la dosis, desistió. Las agujas, invariablemente, se partían por la mitad. La miró sin verla, pues no distinguía diferencias entre él y ella, veía solo su éxito y no su fracaso. Entonces sucedió algo que ninguno de los dos pudo prever: ella lo besó. El beso fue intenso, pero sin un dejo amoroso, solamente comunicativo. Una necesidad nacida de un interior que era suyo y al mismo tiempo no del todo, como obligada a introducirse en ese organismo que solo le era empático en apariencia. Y en ese intercambio dispar, porque su saliva era más espesa y poderosa, lo invadió. Él cayó sobre el pasto, se convulsionó unos segundos hasta quedarse dormido. Ella volvió a subir al montículo para perderse nuevamente en los campos blancos de la luna, estériles y yertos, inmóviles. ¿Era otro tipo de vida? Se volvió a estremecer. Aún quedaba un poco de ella y reconoció que el miedo a la extinción era lo único que hermana a todas las especies. Quizás por eso lo beso, para no estar sola en su nueva naturaleza. Sí, tal vez eso pensó mientras observaba cómo el sueño inconsciente de él yacía sobre la hierba durmiendo sus buenas intenciones, entrecruzadas con su ego, que era ya la expresión luctuosa de la humanidad, aunque él aún no lo sabía.

Androides por subcontratación

Luis Carlos Barragán

En la esquina de la cuarta con séptima el territorio está muy bien definido. El androide azul vende maní y cigarrillos, y el otro androide, que tiene partes orgánicas expuestas por una configuración defectuosa, vende minuto a celular y chicles. Van por la calle susurrando, con sus voces carrasposas de un sistema de audio viejo, que también tienen cigarrillos, quince centavos en promedio, a ver, a ver, Lucky Strike, cubanos, mango viche, lápices, cargador para el celular, *selfie sticks*. Cuando alguien dice el *password*: «Ambrosía», es porque quiere mercancía de la dura, de la que se consigue en el barrio Egipto, en mi casa. Entonces mis androides se conectan a mi cerebro, y yo puedo ver, en vivo, a la persona que está afuera, rascándose los brazos, y puedo decirle que venga a visitarme. Regla número uno, *baby*, no puedes enviar a tu robot a mi casa. Regla número dos, *baby*, no puedes venir acompañado.

   Eran escorpiones bioluminiscentes azules de Brasil que cuando te picaban se sentía como un *shot* de heroína.

A la gente le encantaba. Contraindicaciones: los adictos brillan en la oscuridad. Contraindicaciones: alguien me contrata para hacer ese trabajo.

Slob. ¿Quién no es un *slob* en Bogotá 2 Star City vendiendo caramelos, usando robots vencidos que trabajan por ti? Hasta que salí a la noche, arrastrando mi pijama al bar Derby Destruction 24 Horas, atendido por otros androides, y me encontré con un chico de cara delgada y ojos todo-pupilas de enfermo necrótico. Me sonrió con dientes afilados mientras sonaba la radio a pedazos de un carro viviente fuera del bar: un monstruo alimentándose de algo con sus tubos y cables, y sus luces demoniacas iluminando la sonrisa del chico venezolano. Lo vi por última vez en el baño, cuando se bajó los pantalones manchados de gelatina rectal. Lo abracé, abroché mis brazos velludos sobre su abdomen negro y él comentó que estaba dirigiendo una revolución, mientras daba gemidos cortos y decía que el advenimiento de una nueva sociedad estaba en camino. Se hacía llamar Toñito y yo le di un nombre falso. Tenemos los horarios de sueño tan atravesados que no sabemos si fue un sueño. ¿Fue un sueño?

Mi negocio me ha permitido no salir de casa por varios años. No somos *hikikomoris*, porque no estamos realmente deprimidos, y todavía sabemos cómo interactuar con los demás. Digo que no necesito tener una relación con nadie, pero lo digo para quedar bien, porque la verdad es que me siento solo, y que no soporto esta soledad. No se lo digan a nadie, pero necesito algo de amor. De cualquier tipo. De cualquier tamaño. Pero digamos que los robots nos permiten todo. Solo basta que te compres un robot y lo pongas a vender chicles en el metro de Bogotá, que apenas tiene tres estaciones,

porque se robaron la plata del resto, pero que igual
está tan lleno de gente que cualquiera se vuelve rico.
Se llama capitalismo, *baby*. Es legal. Hay robots que
se suben a cantar rancheras, también hay robots que
hacen *breakdancing* y ponen un sombrerito para que les
den centavos. Las personas que pagan no siempre son
humanos. Muchas veces son otros androides. Androides
que compran cosas de androides, que trabajan para
otros androides para tener sus propios androides. Se
llama futuro, *baby*, y es genial. A veces me conecto
a mi robot y camino en su cuerpo como un avatar,
recorriendo una ciudad que ya no da miedo, entre calles
llenas de chicas de media hora por cinco centavos que
tienen partes humanas de segunda. Puedo ver las luces
de la ciudad, girando sin control. Este es el regalo de
la civilización, Toñito, digo mientras tomo una ducha,
mientras camino en mi robot, con la retina caliente de
tanta información; como si le estuviera hablando a un
hombre joven que pude haber amado un segundo, como
si su cuerpo estilizado de alabastro negro estuviera
frente a mí. Y toco sus nalgas invisibles que intento
separar con dulzura, y beso las baldosas del baño con
la lengua, arrepintiéndome de haberlo dejado ir. Y todo
este desarrollo económico, toda esta automatización,
toda esta felicidad iría de puta madre si no es por los
fundamentalistas Orga.

Desde entonces los días han seguido siendo lo
mismo. Jugar videojuegos en el Play Station mientras tu
androide trabaja por ti y hace dinero por ti, y tú esperas
pensando en Toñito. Sentado a un lado de la cama,
dando vueltas en las cobijas, incapaz de dormir. ¿Dónde
están mis androides? Mis androides estaban quietos,
tenían un error de compilación. Tuve que reiniciarlos.

Voy caminando por los alrededores de Bogotá 2 Star City, doblando esquinas, como si estuviera perdiendo el aliento, agarrándome de salientes, por entre familias de venezolanos en andrajos llamando a sus padres en Zulia con celulares de los noventa. Me estoy ahogando en Bogotá. Mi androide pasa por un grupo de desquiciados con cabello largo y barbas, que cantan canciones nueva-era sobre Krishna y el amor universal, o tonterías de ese estilo, bailando con los pies descalzos y pidiendo dinero. Fundamentalistas Orga, dije en voz alta, acostado en mi sillón de mando, con el enlace en la cabeza ardiendo en la córnea. Las mujeres iban con falda, cantando, y los muchachos tocaban una pandereta.

—¡Dejemos de usar androides que trabajan por nosotros! Debemos volvernos a conectar con el trabajo y sentir lo que es usar nuestros cuerpos otra vez — gritaba el mayor de los Orga, con su larga barba llena de pedacitos de comida. —Está escrito en el _Bhagavad-gītā_. Amémonos en el Espíritu Santo, hermanos.

Y luego, atrás, ¡estaba Toñito sentado! Buen chico, carne gris semitransparente con los dientes limados como de una especie de tribu exótica del Amazonas, empujando un carrito de empanadas. A ver las empanadas artesanales. Empanadas de carne.

Toñito, por ejemplo, hacía empanadas con sus propias manos y las cobraba un poco más caras porque las hacía en su propio tiempo, en su propia cocina, con materiales que no fueron procesados por robots. Me le acerqué porque no había sido un sueño. Los Orgas ni siquiera tienen enlaces:

—¿De qué son las empanadas? —le pregunté a través de mi androide. Él no podía saber quién era yo.

Toñito sale cada noche, con un _taser_ de bolsillo, o

una varilla, junto a su novia, Sonia, buscando androides que se quedaron sin batería, o que están en modo ahorro de energía caminando lentamente; o androides que no tienen dueños porque sus dueños se ahogaron en salsa de tomate y no tenían hijos ni nietos que los rescataran. Esos androides van y vienen, buscan excusas para prolongar su existencia, pero caen en la indigencia con frecuencia, infectándose con algún virus de internet. Cuesta un segundo electrocutarlos, llevarlos a una esquina oscura y abrirles el pecho para sacarles los órganos vitales y dejar los cascarones en una bolsa de basura. Aceite de androide, papa criolla, vesícula triturada, cebolla larga o carne molida de estómago e hígado de androide. Todo sazonado con pimienta y perejil y salsa de soya. Toño tiene la ropa llena de sangre encostrada, pero va sonriendo como si nada le importase. Memoria RAM con venas, cristales de *terabits* con ají criollo.

Me quedé mirándolo con miedo. Seguía sonriendo frente a mí. O más bien, frente a mi androide.

—Vale, dame cuatro empanadas.

Mi androide rojo volvió a casa. Abrí la puerta y lo dejé pasar. Puse la bolsa con las empanadas en la cocina. Olían bien. Todavía estaban calientes y la bolsa de papel tenía manchas de grasa. Mordí una. Al principio parecían normales. Luego los jugos y la grasa bajaban a mi lengua y tocaban una parte que nada había tocado en mí desde la última vez que vi a mi mamá, es decir, nunca. Empanadas deliciosas, con pedacitos de algo orgánico, con una textura como de caucho que me hizo abrir el tercer ojo. Le puse una batería nueva a mi androide, revisé todo lo que había vendido para hacer inventario y lo dejé ir. Me quedé en cama abrazando las empanadas como si fueran Toñito. Toño Méndez. Le doy mordiscos a la empanada como si le estuviera dando besos a Toño, abrazando las empanadas como si fueran seres vivos. ¿Qué es un ser vivo? ¿Qué es una máquina? Por eso salí de nuevo esperando verlo, tal vez eran las dos o tres de la mañana. Todo oscuro y en silencio. Me conecté a mi robot, que me ayudaba a buscarlo mientras balbuceaba que Lucky Strike, Marlboro, minuto a celular. A ver, siga, le tengo las monas del Panini. El chico estaba andando con su novia, Sonia. Iban con una varilla de acero buscando androides sin pila, androides indigentes. Eran cazadores. Grité su nombre para que se detuviera. No me reconoció, pero me miró con los ojos bien abiertos, con los labios temblorosos mientras corría hacia él. Le dije que nos habíamos conocido en un bar hace rato. Lo seguí, intentando mostrarle lo supergenial que era. Mira, soy un tipo interesante. Tengo un androide. Me gustaron tus empanadas. Quiéreme.

Tal vez me recordó. No sabía si decirle frente a su novia que yo era el tipo que se la había metido por la fisura rectal en un bar hace unos días. Tenemos la misma edad, mira, tal vez me voy a volver un Orga. Solo quería tenerlo cerca, besarlo, sentir sus dientecitos afilados en mí. Mira, tenemos la misma edad, seguro nos gusta la misma música. Su novia me miró como si yo fuera un esclavo desesperado.

—Shhhh. Vas a despertar a todo el mundo —dijo Toño.

—Una víctima del sistema, Toño. ¿Lo puedes ver? —dijo ella, tan hippie como podía. Todos están enfermos. Todos están hinchados e infectados, todos sudan frío, todos tiemblan en sus casas intentando decir que sus vidas son geniales, mientras siguen escroleando Facebook.

Me dejaron pasar la noche con ellos. «Mira, esto es lo que tienes que hacer. Si vemos un androide que no esté trabajando, o que esté en un *loop*, tú vas por la izquierda y yo por la derecha y Sonia por detrás. ¡Y suas!» Tuvimos que caminar por una hora por el barrio Santa Fe, doblando esquinas en silencio por si aparecía un androide. No era fácil distinguirlos de personas normales en chiros. Con una dosis de veneno azul uno habría cometido un asesinato por error. Los robots no peleaban ni por sus vidas ni por las leyes de la robótica de Asimov. No era fácil distinguir a las prostitutas falsas de las verdaderas. Pero ahí estaba la que estábamos buscando. Una cosa sin brazos ni piernas que aparentaba unos cincuenta años, esperando al lado de una caneca de basura para que alguien le cambiara el aceite o le diera una moneda. Había replicantes religiosos, que iban a la iglesia y que creían en la donación de órganos. Cuando nos vio, nos hizo preguntas: «¿Quieren una mamada? Son veinte yuanes.» Pero Sonia arremetió con la varilla. La pobre cosa comenzó a arrastrarse como un gusano desesperado, gritando por su vida, moviendo la cabeza y el resto del cuerpo sexy mientras Sonia descargaba toda su ira. Sangre de América, piel rasgándose. Sesos de androide mezclados con chips. Me sentí como un nazi. La arrastraron. Nadie la reclamaría, era un modelo viejo y lleno de hongos. La llevamos a la residencia antes del amanecer. Todavía se movía, abriendo la mandíbula, mostrando sus dientes biónicos llenos de caries. Sus labios extragrandes para una mamada sensual.

Aprendí a destriparlos. Qué servía y qué no servía. Abres sus cuerpos con una sierra eléctrica para separar el chasis de los órganos calientes, y debes deshacerte del líquido azul y la mierda, que la venden para compostaje.

Toño estaba haciendo la masa y yo calentaba el aceite de carro con un soplete. Vivían con otros Orga en una de esas residencias para refugiados a ocho yuanes la noche en promedio. Les habían robado todo al cruzar la frontera, incluido el corazón. Seguramente habían sido personas sonrientes antes de que su país explotara; con la piel limpia, caminando rectos, sin veneno de alacrán para soportar las noches de frío. Triturar la carne, ponerle sabor, ponerle sazón venezolana, chamo. Comenzamos a freírlas, y noté que ellos no dormían. Nunca.

—¿No van a dormir?

Pero solo me miraron como si yo fuera un fantasma. Si yo pensaba que estaba mal, que me arrastraba por mi control de Play Station como un adicto hacia la luz de los personajes con espadas, si me inyectaba veneno azul de alacrán y pensaba que mi vida estaba perdida, Toño y Sonia llevaban un año entero sin dormir. Cuando no me estaban mirando, yo miraba a Toño. Quería abrazarlo. Yo pienso que él quería lo mismo. Pero el amanecer sabía amargo en la garganta, como un escupitajo de esmog y ectoplasma. El frío en la camiseta esqueleto. Cuando la gente no duerme, el lóbulo frontal deja de funcionar. Lo bueno y lo malo dejan de existir.

Los Orga se levantaban muy temprano a repartir folletos sobre cómo sería la vida sin el servicio de subcontratación de androides sin EPS. «Lo orgánico es mejor que lo mecánico.» Yo caminé con ellos. Me dio por revisar a mis androides con el enlace cortical. Ambos habían estado esperando a que les abriera la puerta, y como no la había abierto habían comenzado un subprograma de vagabundeo. Todos los androides estaban programados para ser unos vagabundos inservibles. Eso es lo que más querían hacer si llegaban a ser libres. A ver, siga, las empanadas orgánicas. Hechas por nosotros mismos. Cómprelas. Siga, siga. Están fresquitas. A cinco centavos. Varios robots de diferentes tamaños y colores se detuvieron a comprarnos empanadas. Se vendían rápido. Iban con papa criolla y arroz. Una delicia. Deme una, deme cuatro. Deme cinco. Hasta que se acabaron al medio día y Sonia sonrió.

Cuando volví a casa esa noche, sentí que acababa de hacer lo mejor que había hecho en mi vida. Estaba realizado. ¡Soy un ser humano! No solo soy un subcontratador, también tengo sentimientos y amigos. Estuve sonriendo todo el día, dando pasitos de baile en mi cuchitril, a punto de quedarme dormido, cuando mi androide rojo me envió una señal.

—Ambrosía —alguien le había susurrado la palabra clave al androide. Ya estaba atardeciendo.

Activé el enlace, mis ojos brillaron verde y vi la cara de Toñito. Pensaba que los Orga no compraban de robots. Puro estigma social. Toñito estaba llorando en medio de la lluvia, mostrando sus dientes afilados. Le dije que fuera a verme y le di la dirección. Abrí la puerta y estaba mojado. Lo dejé pasar y le presté ropa seca. Me dijo que su novia se había atragantado con las partes pequeñas de un bebé de cocción lenta de un androide doméstico para mujeres estériles. Esos bebés eran una peste, y una vez sueltos se escabullían como ratas, berreando por pura programación subconsciente por los conductos de calefacción, mascando los cables del sistema eléctrico.

—La dejé tirada en la calle. No sabía qué hacer. No sé quiénes eran los fabricantes, o si tenía garantía. No sé nada —dijo tiritando.

Lo dejé quedarse en mi cuarto. Creo que Toño no se bañaba hacía mucho tiempo. Yo sabía que lo correcto era decirle que lo sentía mucho y darle palmaditas en la espalda, ignorar que me sentía bien porque Sonia ya no existía. Toño inundó mi casa con su olor a sobaco. Se acostó y yo me acosté a su lado. Después de un año sin dormir, moqueando y rezongando, por fin se quedó dormido. Lo tuve entre mis brazos. Canciones de peluquería por la calle. Sus dedos prendieron en neón cuando comenzó a acariciarme. Dejé sueltos a los alacranes para hacerlo más romántico.

—¿Te estás aprovechando de que estoy sentimental? —preguntó mientras su pene se empalmaba y él buscaba lo mismo en mis pantalones. Yo lo sabía desde el principio, era amor a primera vista.

La forma de superar la muerte de su novia, aunque no la quería tanto, fue salir a quebrarse androides por la ciudad, igual que cada noche. Le dije que lo acompañaría. Al menos tendría algo que hacer. Al principio pensamos que podríamos matarlos para hacer empanadas y vivir de eso. Tal vez me estaba volviendo un Orga yo mismo. Pero fue cuando él me dijo que ya no era necesario. La respuesta era realmente obvia, podíamos comer directamente de las vértebras jugosas, chupar la grasa de los órganos pringosos. Él solo buscaba robots en la calle porque Sonia era su usuaria, y eso es lo que ella quería. Podíamos pasar un día tranquilos, y después salir de noche con una varilla a buscar androides quejosos, arrastrarlos a casa, comenzar a triturarlos, a morderlos, a saborearlos. Un paso menos en el proceso de supervivencia. Es como arremeter directamente al capitalismo de subcontratación. Ve y come. Ve y muerde. Comencé a limarme los dientes. No, Toño no lo estaba superando. Nadie supera un contrato con facilidad. Simplemente sus subrutinas estaban enloqueciendo. Toño estaba en un *loop* ni el hijueputa, que lo obligaba a cometer errores. Estaba sufriendo los efectos secundarios de su dieta caníbal, sangrando por el ano por las partes metálicas que se había comido mientras intentaba bañarse en mi ducha, como si el dolor no lo hubiese sentido antes, cuando Sonia estaba viva. Nunca lo iba a superar, solo quería autodestruirse. Algunos hacen eso cuando pierden a sus contratantes. Así es la vida. Lo vi sonreír, cambiar. Lo vi endurecer. Dejábamos los órganos en el refrigerador y los cortábamos para un bocadillo. Hacíamos morcilla con el intestino, relleno de arroz. Nos despertábamos y pasábamos por la mesa que tenía todavía la caja torácica de titanio. Era nuestra diversión de domingo, salir a cazar, brillando azul por las calles de Bogotá 2 Star City, antes del amanecer. Hasta que dejó de ser divertido. Cuando la sonrisa comenzó a desinflarse, descubrimos que habíamos matado a varios humanos verdaderos. Que uno se llamaba Jaime, y otro Angélica, pero seguimos comiendo porque finalmente, como dice Toño:

—Todos somos androides de algún tipo, subcontratando a otros y alimentándonos de otros. La única diferencia es que unos tenemos las leyes de la robótica en los genes, y los otros no.

Yo solo lo abracé, jugueteando con sus tetillas negras y masticando. No se lo digan a nadie, pero ya tengo lo que deseaba. En ese momento mi contratante enlazó conmigo, alguien buscaba ambrosía.

La danza de Shiva

Tanya Tynjälä

Él se bañó escrupulosamente, como todas las tardes. Se dispuso a cumplir con sus metódicos ritos para vestirse, pero vio en su reloj de pared que ya era casi la hora de su reunión virtual diaria. Se apresuró, tratando, mal que bien, de cumplir los ritos. Eran tan importantes para su equilibrio físico y mental como respirar para vivir.

Se sentó ante su gran pantalla para conversar con Ella. Ya no recordaba cómo empezaron esas reuniones, pero le agradaba compartir esos momentos con alguien tan bella como inteligente. Los temas eran quizás aburridamente filosóficos para algunos, pero Él los encontraba fascinantes. Inclusive diría que había dado con su alma gemela. ¿Se estaría enamorando?

La pantalla se encendió y Ella apareció de súbito, radiante como siempre. Sin embargo ese día no lo recibió con su afable sonrisa.

—¡Hola!... —dijo y al ver la expresión de la joven agregó—: te noto extraña esta tarde, ¿pasa algo malo?

—Sí —una ligera sonrisa se dibujó—. Me han cancelado un proyecto en la universidad en la que trabajo, falta de fondos.

—¡Oh! ¡Lo siento mucho! Ese es un gran problema mundial, la falta de fondos. La crisis, ¿sabes?

—Sí —suspiró.

Un silencio incómodo se instaló entre ellos. Él nunca había sido bueno consolando. Ella, al mismo tiempo, parecía no encontrar cómo explicar algo que en realidad era de vital importancia para los dos. —Tú jamás me has preguntado en qué trabajo —dijo finalmente.

—Por los temas que tocamos siempre pensé que eras filósofa, pero no he sentido la necesidad de corroborarlo —Él sonrió.

—En realidad soy ingeniera informática, especializada en inteligencia artificial.

—¡Jamás lo hubiera pensado!

—Hace unos años presenté mi mayor proyecto, el de hacer que un cerebro artificial fuera capaz de razonar, de elaborar ideas complejas.

—*Cogito ergo sum.*

—Exacto. Funcionó; era increíble ver cómo el cerebro era capaz de sacar sus propias conclusiones sobre lo que significa la diferencia entre existir y vivir, por ejemplo.

—Uno de nuestros temas favoritos.

—Sí. Bueno, la universidad me dice que ya probé mi tesis, que se están gastando muchos fondos y que se necesita ese dinero para proyectos nuevos.

—Siento que eso te pase.

Hubo un segundo de embarazoso silencio que Ella interrumpió abruptamente.

—Eres la danza de Shiva y yo soy Shiva.

Él se sintió confundido. Recordaba bien la charla que tuvieron sobre el tema. Él no sabía nada sobre religión hinduista. Ella le explicó la noción de que todo lo que en otras religiones se supone creado por un dios es para los hinduistas una ilusión de Brahma, mientras Shiva danza.

Ahora que sabía cuál era su profesión entendió por qué la conversación se dirigió aquella vez hacia los científicos, quienes utilizan esa idea para metaforizar la danza de la materia subatómica: una danza de continua creación y destrucción que involucra a todo el cosmos.

Él recordó haberle dicho entonces que ellos formaban parte de la danza de Shiva y que el día que este dejara de danzar, ellos dejarían de existir. Pero ¿a qué venía su extraña frase?

—¿Perdón?

—Existes, pero no estás vivo.

Él se sintió de pronto muy incómodo.

—Eres mi proyecto, debo apagarte —dijo y se puso a llorar.

Él pensó en una broma de mal gusto, sin embargo las lágrimas de Ella lo angustiaron.

—¿De qué hablas? ¡Claro que existo y estoy vivo! ¡Esta es mi casa y estas son mis cosas!

—¿En qué trabajas? ¿Quién es tu familia?

Abrió la boca, pero no dijo nada. No pudo contestar, no tenía las respuestas.

—Lo siento, se acerca la hora, debo apagarte.

—¡No! —gritó Él desesperado—. ¡Espera! ¡No me puedes hacer esto, estoy vivo!

—No —dijo Ella y volvió a llorar—. Existes, pero no estás vivo. Lo siento, ya es hora.

Él quiso decir algo más, pero cayó en la nada.

Sobre la arena, bajo la piel

Ramiro Sanchiz

Se dijo después que había sido descubierta por los primeros pescadores en bajar a la playa, pero cuando la gente del pueblo corrió a ver lo que había traído la marea nadie declaró haber sido quien la encontró, como si el cuerpo gigantesco de mujer llevase sobre la arena días enteros y solo de pronto la población de Punta de Piedra hubiese reparado en que estaba allí.

Salvo por la cabeza ausente, en aquellos primeros momentos la mujer estaba casi intacta. El metal y el plástico asomaban aquí y allá donde había cedido la piel sintética, pero el cuerpo entero alcanzaba a imponer su belleza a la luz de la mañana. Era fácil imaginarla en funcionamiento, con el cabello color cobre articulándose sobre los hombros o las ranuras rubí de los ojos rompiendo la niebla sobre los cerros. Esos días habían sido de bajante, y la noche anterior el aire pesaba con la inminencia de una tormenta que nunca estalló. Algunos recordaron que los turistas de paso permanecieron más tiempo en el pueblo y los bares cerraron más tarde, las estrellas se dejaron ver pasadas las tres de la mañana y todo parecía diferente, como si se pudiera de pronto percibir las cosas con sentidos renovados. Quién sabe quién soñó, y qué, pues ninguna de las historias del día de la mujer varada dan cuenta de esos sueños: solo aparecen más adelante, cuando el cuerpo empezó a decaer y las grandes estructuras de metal se desplegaron hacia el cielo, más allá de toda forma humana.

Nadie sabe cuánto medía exactamente. Hay quien habló de veinte metros desde los pies hasta las clavículas; algunos dijeron cuarenta y no pocos doce, o quince.

Hacia el mediodía un grupo de niños (porque era sábado) jugaba a las escondidas sobre el tórax inmenso. Después agotaron los juegos conocidos e inventaron otros tantos, que solían implicar alguna forma de escondite. No es que abundaran los recovecos, pero las tetas se mantenían erguidas, rígidas en su simulacro. Fue la parte que menos resistió: por la noche se llevaron la piel y los pezones, dejando el armazón de metal a la vista. Quizás fue esa la causa (aunque, naturalmente, todos lo habían sabido al momento del hallazgo) por la que la visión de la gigante empezó a inquietar. Si durante el primer día Punta de Piedra había parecido de fiesta en torno al cuerpo, a lo largo de los siguientes se volvió más común encontrar excusas para no bajar, para quedarse en casa. Solo por las tardes se reuniría parte del pueblo ante el mar: en esas asambleas improvisadas, en las que no faltaban el fuego y los gritos, la circuitería intrincada de las tetas centelleaba con la luz de las llamas y pocos lograban fijar la vista en ellas por más de unos instantes. Incluso la herida enorme en lugar del cuello, con su caverna de acero y cables, parecía más tolerable.

Con la piel hicieron banderas, toldos, alfombras y

cortinas, que cambiaron la cara del pueblo durante esos meses. Pero poco a poco la gente empezó a avergonzarse de aquellas superficies color caramelo: la textura satinada de los primeros días se había perdido hacía tiempo y era difícil mantener a raya los insectos y las larvas. Cualquier lugar húmedo donde se dejase mal doblado un pedazo de piel sintética terminaba por convertirse en una infestación de hongos o de bichos. Solo el sol mantenía a salvo algunos pedazos: los secaba hasta que parecían lino o pergamino y, curiosamente, servían para ahuyentar las moscas.

Los sueños empezaron con esos bichos y esos hongos. Los niños se contaban las visiones de la noche anterior en los recreos de la escuela y constataban, entusiasmados, que había lugares en común, una suerte de mapa onírico de Punta de Piedra, apenas diferente al pueblo real. Los adultos sufrieron pesadillas y ataques de sonambulismo, y empezó a volverse tabú hablar de los sueños. Solo a los niños más pequeños se les toleraban los relatos, pero todos se estremecían al encontrar imágenes en común, figuras que se repetían como si el pueblo completo fuese de alguna manera un durmiente único que se adentra en sueños a cada noche más nítidos y detallados. Siempre estaban los insectos, pero ya no eran exactamente criaturas vivientes sino tornillos, arandelas y engranajes articulados en maquinarias inmensas, grandes embarcaciones a vapor que además podían volar y recorrer la tierra, o fábricas de cuerpos humanos que avanzaban por una cinta transportadora hasta el lugar preciso donde se les acoplaba una cabeza.

Fue un alivio sentir que esa acreción nocturna

empezaba a mermar. Se pudo hablar en confianza de estos temas cuando ya importaban poco: las imágenes se desdibujaron en recuerdos remotos o deseos triviales y pronto se volvió infrecuente dar con alguien capaz de recordar los sueños de los meses anteriores, que habían llegado a tocarse en un relato único y muy vasto (algunos, sin embargo, llegaron a escribirlo), paralelo al deterioro creciente del cuerpo en la playa.

No faltó quien dijera que aquella no era la primera vez que pasaba: ahí mismo, en Punta de Piedra, habían quedado varadas ballenas, calamares gigantes, pulpos monstruosos, delfines, toninas, marsopas e incluso un narval, cuyo esqueleto fue reconstruido con alambres y suspendido del techo del museo de historia. A los pocos años desapareció, sin embargo, aunque el cuerno adornaría la fachada de la iglesia matriz hasta el incendio y derrumbe que solo los más viejos recordaban.

En cuanto a las gigantes, dijeron, se sabía que habían recorrido la tierra miles de años atrás: pelearon guerras, montaron las bestias marinas, las subyugaron, las redujeron a la barbarie, reinaron durante siglos y, finalmente, desaparecieron. Federico, uno de los niños del pueblo, encontró en un sótano una enciclopedia que contaba la historia de los arqueólogos y aventureros que habían dado con sus restos: estos, confundidos con el paisaje, solían tomar la forma de grandes cavernas ocupadas por marañas de metal en las que apenas era posible reconocer lo que alguna vez fue un armazón de huesos. En otros casos se trataba de valles escondidos o lechos de ríos secos donde abundaban, como fósiles, los restos de circuitos capaces de replicarse, y en las regiones más remotas se hablaba de brazos completos con las manos abiertas y los dedos extendidos, levantados por los moradores de aquellos parajes a modo de advertencia.

Los niños no tardaron en abrirse camino hacia el interior del cuerpo. Posiblemente desmontaron primero la articulación del cuello y el gran canal de circuitos que en algún momento había conectado la cabeza, aunque también es posible que prefirieran otras vías de entrada. Pronto, de cualquier forma, habían vaciado buena parte del interior y excavado cuartos y salones, llevándose cables y placas al pueblo, donde los artesanos los convertirían en adornos y bisutería. Al principio pasaban las tardes jugando allí, después de la escuela, y era común encontrarse con padres y madres que se paraban al borde de la costanera y les gritaban que volvieran, que se hacía tarde, que salieran de allí porque había que ir a bañarse, comer y hacer los deberes. Se habló de una suerte de magia o espíritu presente en aquellos restos de circuitos, capaz de atraer a los niños como los flautistas de los cuentos o las criaturas que, de vez en cuando, aparecen en las afueras de los pueblos, al borde de los bosques, esas que, se dice, consumen la razón de aquellos que se atreven a tocarlas. Algunos días la escuela quedó vacía: solo un puñado de niños confundidos permanecía en sus pupitres, y no eran, se dijo, los más brillantes.

Cuando los padres prohibieron la bajada a la playa algunos de los niños se organizaron en una república, para resistir: pasaron noches enteras en el cuerpo ahuecado, alumbrados por linternas y por velas. Durante una noche especialmente fría intentaron prender una fogata, que dio cuenta, descontrolada, de la poca piel que quedaba en la zona del abdomen. Eso logró ahuyentarlos. A la mañana siguiente los padres tramaron un cerco y un sistema de vigilancia por turnos; duró poco, sin embargo, en gran medida porque muchos jóvenes y adultos bajaban a la playa después del atardecer para esconderse entre los pliegues del cuerpo y hacer el amor con sus parejas o masturbarse. Nadie quería ser testigo de este tipo de cosas, aunque todo el pueblo siguió con interés los relatos de orgías y desenfrenos.

Si bien las medidas de exclusión no se sostuvieron por mucho tiempo, con el tiempo los niños perdieron interés. Muchos de ellos temían a los trabajadores de otros pueblos (los que pasaban por vendimias o cosechas o esquilas y recorrían la región de zafra en zafra, en una vida nómade que los hacía buscar siempre refugios baratos en cavernas o en roqueríos donde pudieran montar campamentos protegidos del viento), que se las habían arreglado para reclamar el interior del cuerpo. Generalmente borrachos, ahuyentaban a los niños que pretendían ocupar su lugar entre cables y pedazos de metal. El pueblo, sin embargo, no los veía con malos ojos: gastaban su dinero en provisiones y compraban su comida a los pescadores locales. Cuando algunos empezaron a verse incapaces de hablar con claridad (o incluso, a todas luces, a enloquecer), pareció que esos extranjeros habían sido convocados espontáneamente a modo de escudo, para que nadie de Punta de Piedra debiera enfrentar semejante calamidad.

Una mañana llegó una comitiva de hombres y mujeres vestidos de verde, que portaban instrumentos y máquinas. Dijeron que iban a estudiar las piezas remanentes del cuerpo, a estimar su edad y sacar a la luz la memoria contenida en los circuitos. Como a todos los extranjeros, se los dejó hacer. Unos niños les preguntaron qué estaban buscando, y respondieron que querían asegurarse de que esos restos correspondieran a los de una cabeza encontrada meses atrás en otro pueblo de la costa. Esa noche se los vio entrar al cuerpo. A la mañana siguiente no quedaba rastro de ellos, pero hay quien cuenta que antes del alba abandonaron Punta de Piedra a toda velocidad, en grandes camiones cargados de pedazos de la gigante.

De todas las fotografías que fueron tomadas en aquellos días del cuerpo, la más célebre (y que, curiosamente, llegó a adornar oficinas administrativas y alguna que otra escuela de la zona) era la de los coxales, el sacro y las articulaciones femorales de la mujer, dispuestas nunca se supo por quién a la manera de un portal cubierto por una barba de cables que rodeaba el único resto de piel sintética que había resistido al deterioro. Fue el último juego de los niños, que bajaban a la playa cuando todavía había sol e improvisaban sus partidos de fútbol marcando los tantos con aquella estructura a modo de arco; otros, por supuesto, se divertían atravesando de un salto los labios mayores y menores de la vulva, que permanecía tensa en su armazón de metal (y todavía más grande) como una vela de pliegues pesados, la vasta entrada de una carpa de circo o, también, una tosca forma de tortura. Es posible, incluso, que durante temporadas enteras aquella estructura fuera transportada al recodo de la carretera que entraba al pueblo: Punta de Piedra comenzó su transformación final, dicen, con aquella vulva inmensa plantada a modo de portal.

Mucho después (y también es fácil encontrar en las ferias de los domingos las fotografías que los preservaron) los húmeros fueron dispuestos en cruz a las puertas del basurero de San Luis, a unos ochenta quilómetros de Punta de Piedra. El rastro de todas las piezas del cuerpo se perdió finalmente, pero no faltó en los años siguientes quien reportase haber dado con las rótulas, un fragmento de fémur o incluso el esternón, casi siempre adheridos a costados de edificios e integrados a tantas construcciones del mismo modo que, en otras épocas, podían verse barbas de ballenas en los techos de las iglesias, trilobites embaldozando las calles y grandes amonites en las fachadas de las casas.

No hay manera de saber cuánto duró el cuerpo más o menos entero ante el mar. Fueron muchas las veces en que las olas llegaron a tocarlo, clavado como parecía a la arena o la roca, y en sus junturas y articulaciones se multiplicaron las algas y las colonias de moluscos. Para entonces poco le importaba al pueblo la presencia de la gigante de metal, que había sido asimilada al paisaje de la costa como si se hubiese visto reducida en presencia y memoria a un viejo naufragio. Sin embargo, no faltaba quien entraba a lo que quedaba de aquellas salas y habitaciones excavadas entre los circuitos para arrancar alguna pieza de metal o cristal y convertirla en ornamento o amuleto. Algunos llegaron incluso a olvidar el origen de aquellos adornos, que los turistas compraban como recuerdos o artilugios pintorescos imbuidos de cierta magia débil y antigua. No tardaron en aparecer peregrinos, y después comerciantes que organizaban excursiones de devoción. Se hablaba del pueblo tocado por la última de las gigantes, se contaban historias de la mujer de metal que había salido de las aguas todavía en pie para derrumbarse en la arena de la playa (historias que no eran desmentidas, porque nadie estaba del todo seguro de recordar la aparición del cuerpo); entonces, como si hubiesen permanecido todo el tiempo ocultas en baúles o en armarios, las partes más bellas e intrincadas salieron a la luz, para cubrir fachadas, para articularse en altares y grandes esculturas. Toda Punta de Piedra se transformó: las viejas casas de pescadores, los pocos edificios de más de dos pisos de altura, la Matriz y la alcaldía, todo quedó irreconocible. Incluso la plaza mayor fue cubierta de figuras armadas con circuitos, y nadie entendía cómo era posible que hubiera tantos. No faltó quien aventurara la hipótesis más simple, la de la replicación de las propias partes, movidas todavía por las pautas de su funcionamiento. Se conocían casos similares, después de todo, y por eso no era nada extravagante pensar que un pueblo completo pudiera haber sido cubierto por circuitería en relativamente poco tiempo (aunque nadie sabía cuánto: aunque los niños que habían fundado su república ya tenían sus propios hijos y los padres que habían levantado aquel cerco habían muerto hacía años, era fácil recordar que todo había sucedido hacía uno o dos veranos o, más fácil todavía, que la llegada de la gigante había ocurrido en épocas remotas, no mucho después de la fundación de Punta de Piedra).

Se diría después que la historia de Punta de Piedra no es

única y que, a lo largo de la costa atlántica, no han sido pocos los pueblos en cuyas playas quedaron varadas las gigantes. Es posible que en todos los casos el final haya sido el mismo, pues esa es la vida de los circuitos, que han de replicarse hasta cubrirlo todo, y no hay en ellos verdadera muerte o vida sino una desvida eterna o una muerte animada hasta el fin.

Fue una niña llamada Valeria la que empezó a introducir aquellas partes metálicas y cristalinas en su cuerpo. Circuitos que habían integrado el equivalente de un corazón o un tímpano fueron incrustados en las palmas de las manos, debajo de la lengua, en el ombligo, la mucosa vaginal o el recto. Y allí también se multiplicaron, como quién sabe cuántos años atrás los hongos y los insectos lo habían hecho sobre la piel sintética abandonada a la humedad. Esas primeras híbridas (pues así se hacían llamar) recorrían las calles enjoyadas de Punta de Piedra como esculturas vivientes: alargaban las terminaciones sensoriales en la punta de sus dedos para fundirse las unas con las otras brevemente y sentir el estremecimiento de la electricidad, breve y deslumbrante, bajo las miradas de los turistas.

No está claro qué fue de los hombres. Quizás había sido parte de la intención de los circuitos —o, dicho de otro modo, de los resabios de su funcionamiento— que terminaran asimilados y convertidos en cuerpos de mujeres.

No tardaron en fundirse unas con otras, las híbridas, y también a las esculturas, las casas y los edificios. Hacía tiempo que en Punta de Piedra no crecían árboles ni plantas: para entonces todo había sido tomado por el metal y el cristal. El pueblo completo centelleaba al sol como una joya única, inmensa y compleja.

Los últimos turistas reportaron que las fusiones se habían vuelto insoportables de contemplar: demasiado perturbadoras, decían, como si el proceso en sí hubiese quedado imbuido en alguna forma de terror: el retorno de algo horrible que los siglos y los milenios habían querido olvidar. Décadas más tarde Punta de Piedra se había convertido en un pueblo fantasma: el gobierno imperial decretó una zona de exclusión aduciendo radiaciones peligrosas que, sin embargo, pocos pudieron comprobar. Los relatos de viajeros que se acercaban a los límites del pueblo y terminaban arrojados a una desesperación suicida terminaron de zanjar la cuestión.

Con el tiempo, dado que la autoridad del imperio retrocedía una vez más, empezaron a aparecer aventureros que organizaban expediciones a lo que había sido Punta de Piedra: con todas las protecciones concebibles pasaban una tarde en la zona de exclusión, tras haber ingresado por mar o por carretera, en ómnibus inmensos blindados contra radiaciones que no existían. Se bajaban, entonces, enfundados en sus trajes protectores, y recorrían las calles desiertas. Las fotos que se tomaban posando junto a lo que quedaba de alguna de las esculturas o las fachadas todavía pueden encontrarse hoy, si se busca bien. Durante décadas fueron consideradas de mala suerte o mal agüero, y en el delicado ambiente ominoso que encierran acaso sea fácil entender por qué: si se mira con cuidado, todas las formas fotografiadas (e incluso, a veces, se da la ilusión óptica de que esos perfiles *invaden* a los visitantes) parecen replicar una mujer, acostada, con los brazos extrañamente tensos, rectos junto al cuerpo.

Incluso las imágenes de lo que fue Punta de Piedra tomadas desde aeronaves sugieren ese contorno: un cuerpo de mujer recostado contra el mar. Lo más curioso, o lo más inquietante, es que la mirada se posa invariablemente en la cabeza, zona de bordes difusos, estallada, espiral.

La vida es para siempre

Flor Canosa

El médico no lo mira directo a los ojos sino a un punto impreciso entre las cejas. Marcos siente esa mirada clavada ahí, en el entrecejo, un puntero láser quemándole la piel; cree hasta oler el vello quemado. Marcos le pregunta, mirando alternadamente hacia un ojo y luego hacia el otro, como corresponde, *¿Puede tocarme?*, y el médico niega con la cabeza. Marcos hace un tiempo viene masticando esa pregunta, esa necesidad física de pedirle al doctor que acceda a tocarlo. Tampoco sabe por qué el médico no se escandaliza ni lo envía a sacar por la fuerza del consultorio.

Mentira. Se engaña a sí mismo fingiendo que no sabe por qué hace lo que hace o dice lo que dice o siente lo que siente. Lo sabe cada vez que se despierta en el último mes.

Juana lo toca y se toca, pero no puede darle respuestas. *Para mí sí es real*, le dice ella, pero Marcos de todas formas sospecha que le está mintiendo. Que se miente a sí misma, sea lo que sea que ella cree que es. Porque tampoco puede tener la certeza cuando la palpa, la escucha, se mete en sus recovecos e interiores acolchados, la muerde, la chupa, la golpea esperando el cardenal violáceo, que sí, se dibuja preciso. Pero no puede bucear más en el realismo porque ella no se lo permite. _¿Cómo se te ocurre?_, le dice Juana. Llora. Lo insulta. Se encierra. No comprende. _¿Cómo no se me va a ocurrir? ¿A quién no se le ocurriría saberlo?_ Marcos se mira por dentro. El tajo en el muslo con la navaja suiza. Todo está en su lugar, pero eso no significa gran cosa porque los sueños, desde hace un mes, son más vívidos que nunca. Su terapeuta le comentó que era completamente normal tener sueños hiperrealistas, pero Marcos no lo cree. Marcos sabe que sus sueños fueron como un intrascendente _loop_ de vídeo, con mínima definición. Aunque siempre tuvo más dudas que certezas. Hasta ese momento Marcos podía seguir haciendo como si no le importara y ahora no hay otra cosa que le importe más. Solía soñar con la sencillez de los perros, replicando acciones del día, sintiendo que todo era una grabación pobre de su quehacer rutinario.

Era la única seguridad que tenía, la de no ser otra cosa que un organismo sintético inmortal, reproduciendo cuadro a cuadro la biología, pero desde que el contenido onírico se volvió tan complejo, tan tridimensional, tan «_full color_», la sospecha se siente como un agujero en el medio del pecho. Es imposible comparar los sueños, porque todos mentimos en el relato. Rellenamos los huecos con proyecciones que creamos _ad hoc_.

Basta, Marcos.

¿Y si él fuera humano?

Si él fuera humano, ¿para qué vivir? La genealogía no aclara nada. Tampoco los recuerdos ni los relatos ni las fotos ni ninguna prueba, porque hay pruebas de todo, lo que existe y lo que pretenden hacernos creer que existe, piensa Marcos. Él no vio nacer a sus hijos, ni Juana los vio, porque ya nadie pare consciente o con testigos. Le dieron dos bebés, sanos y parecidos entre sí y entre ellos. La pelota conspirativa rebota en el interior de su cráneo. *¿Y si fuera humano?* Varias veces sufrió por amor, intentó componer canciones con poco talento, lastimó a algunas mujeres, engañó a Juana, golpeó al mayor de sus hijos dentro del baño y luego lo amenazó para que no lo contase. *¿Eso me vuelve humano o es tan solo un reflejo confeccionado según un comportamiento base?*

Camino al trabajo, sigue repasando vivencias, heridas, alegrías, la pequeña crónica de las experiencias comunes e intercambiables que no lo hacen más humano, apenas vulgar, programado con precisión para observar la película de una vida grabada en una cinta dentada dentro de algún circuito. Ojalá así fuera, piensa. Ojalá algún día un circuito hiciera falso contacto, una palabra se le quedara repetida rebotando en la boca, un ojo girase 180° dentro de la órbita ocular. Se mira las manos buscando el desperfecto. Quisiera acercarse a un imán y quedar absorbido por su fuerza magnética.

La nostalgia del que alguna vez no tenía dudas y ahora es todo lo que tiene.

No se vive para morir.

Juana le dice que basta. Sea lo que sea, no se va a enterar hasta que llegue la muerte. O no llegue. Esas son las reglas del juego. Se mantiene el ecosistema a base de la convivencia entre la especie biológica y la sintética. Nadie sabe qué es ni por qué. Nadie sabe si es caduco o eterno.

Es así. Basta.

Pero no se vive para morir. Cómo seguir si algo — todo— se termina.

Basta, Marcos.

Y en ese instante es cuando Marcos quisiera apretarle la garganta hasta que ella demuestre qué carajo es. No funciona de esa forma; descubrirla no lo vuelve a él la misma cosa. Estamos todos mezclados y ningún ciudadano de a pie sabe qué es. *¿Qué le duele ahora?*, pregunta el médico mirándole, como siempre, entre los ojos. Cómo saber si esto es realmente el dolor que sienten los humanos o si es su espejismo sintético. *Me duele acá*, y Marcos se presiona el pecho, el centro de las costillas, deslizando el puño cerrado a través del esternón. Lo que le duele no existe en el plano físico. Marcos lo sabe.

Pase al escáner, indica el médico, y Marcos no obedece. *No insista, no lo voy a tocar.* El médico le habla sin mirar siquiera el punto entre las cejas. *¿Y si intento suicidarme?* Marcos busca con los ojos un escalpelo, pero no hay nada en ese cubículo blanco. No hay nada más que máquinas. Ni un guante de látex ni un estetoscopio, solo aparatos donde se mete la gente para quedar lejos de las manos de los doctores. *No sea estúpido; si intenta suicidarse, acá se le salva la vida.* Marcos se ríe. *Si no soy humano, no lo lograré.* El doctor le mira la base del cuello. *Solo puede saberlo muriendo. Puede intentarlo; sangrará, sentirá dolor, perderá el conocimiento, y aún así no sabrá de qué está hecho. Y nadie se lo dirá, menos yo. Puede ser un sintético o un pésimo suicida.*

La certeza de Marcos, a la que llega mientras se lava las manos, es que existe un complot de todos. *Alguien te clava los sueños en 4D dentro de la cabeza y entonces el mundo se vuelve viscoso y con olor a mierda. Alguien quiere estudiar qué le pasa a un ser sintético que sufre psicosis, es eso. Tiene que ser eso. Pero no van a ganar.*

Ni Marcos sabe a quién amenaza con su desafío. No sabe quién podría ser ese «alguien», el aparente autor de la conspiración. Apenas se propone que no volverá a dormir, se queda dormido como un niño agotado.

Y en su sueño, nadie es humano desde hace tanto, tantísimo, que no tiene la más mínima importancia. Y en su sueño, Marcos prueba al menos veinticinco maneras de no morir. El médico se ríe mirándole las orejas. Juana se encierra en el baño para pegarle a su hijo mayor y ambos lo disfrutan.

Marcos despierta tranquilo. El dolor en el esternón ha desaparecido. No volverá a escuchar aquel *Basta, Marcos.*

Con la certeza en el bolsillo, parte al trabajo. Por el camino pone una canción que no conoce e instantáneamente le gusta.

Cierra los ojos esperando el tren. La canción rellena los espacios opacos del sonido del mundo, que deja de existir.

La vida es para siempre.

Sí, la vida es para siempre. «Para siempre» es ese instante en donde Marcos trastabilla, cae y el tren se lleva su única muerte humana.

El lugar que habita la luz

Soledad Véliz

We'll be funnier.
We'll be sexier.
We'll be more adept at expressing loving sentiments.

Ray Kurzweil, director de ingeniería de Google

Escucho el rumor que predice la llegada de la primavera. Los árboles fuera de nuestra casa tiemblan, liberándose de las capas más resecas de sus troncos, y los poros de la tierra se abren para recibir los dedos cálidos del sol. Esta era tu época preferida del año porque era cliché y porque el aire se electrificaba por las noches y podías sentirlo en tu piel mientras tomábamos cerveza en nuestro pequeño balcón. La primavera se aproxima y cada vez se define mejor tu silueta fumando en el umbral de nuestra casa al anochecer. La primavera está más cerca y así lo está tu memoria, súbitamente viva en la forma en que la luz atraviesa las cortinas y en los tenues cambios de temperatura. Está en los cardenales que sobrevivieron al invierno y en su indistinguible olor. Escribo esto aquí para recordarme a mí misma que no debo olvidarte. Tu nombre es Belisa. Y esta es tu casa.

El joven frente a ella ha comenzado a sudar. Puede ver cómo su frente adquiere una cualidad mantecosa y sus ojos se vuelven más brillantes. —No era mi intención ser inadecuado —murmura el joven, después de varios minutos. La frase le arranca un suspiro de impaciencia a Rena. La sala de clases se encuentra sobrenaturalmente silenciosa y los estudiantes desvían la mirada de la escena que se desenvuelve frente a ellos. Una alarma suena en alguna parte, pero es rápidamente acallada. —No quise ser irrespetuoso, solo lo dije como un chiste profesora... El silencio después de su título le indica que el estudiante no se ha aprendido su apellido aún. —Profesora Rena Díaz —completa ella, ante la mirada mortificada del joven. Acto siguiente, golpea ambas manos, lo que sobresalta a más de un estudiante.

Se dirige a la clase ignorando completamente al alumno de pie en medio de la sala. —Hace muchos años atrás la profesora Lene Hau, de la Universidad de Harvard, logró disminuir la velocidad de un pulso de luz usando un condensado Bose-Einstein. Hau y su equipo atravesaron con un haz de luz una nube de átomos llevados casi al cero absoluto. La información de la luz es conservada íntegramente en la nube de átomos, a diferencia de lo que pasaría si el pulso golpeara... no lo sé, una pared. Esa información es una copia perfecta, incrustada en los átomos de la nube, del pulso de luz original —recorre con la mirada a la casi cuarentena de estudiantes que la observan con recelo. —Todos ustedes saben de estos avances porque fueron esenciales para la evolución de la computación cuántica, entre otras cosas. Fui parte del grupo que rediseñó los hallazgos del equipo de la doctora Hau hacia la investigación de la memoria, como bien lo indicó su compañero. Lo que buscábamos no era recrear luz, sino cuerpos. Organismos compuestos por las memorias que quedan en la carne. Pero en lo que su compañero se equivoca, y voy a culpar al tipo de foros de internet en los que les gusta participar, es que no estábamos tratando de crear *zombies* —pronunció la última palabra con todo el desprecio del que fue posible. Pensó en cómo se debería ver; el pelo medio revuelto, los dedos manchados de nicotina, las ojeras permanentes debido al insomnio y en su primera clase de pregrado en años, argumentando, furiosa, que no había trabajado en crear muertos vivos. —Estábamos tratando de gobernar la muerte.

El Proyecto para Gobernar la Muerte (PGM) fue anunciado a los círculos académicos a través de una modesta publicación de dos páginas en una renombrada revista y en coloquios en las universidades más prestigiosas de cada uno de los países miembros. En los medios y en las redes sociales la noticia encendió susceptibilidades y oleadas de memes que murieron calladamente a las pocas semanas. El proyecto era financiado por varios millonarios que llevaban años reescribiendo la agenda de la investigación biomédica y, solo periféricamente, apoyado por entidades estatales de los países invitados. Por varios años no hubo mayor información que modestos boletines sacados a regañadientes ante la presión de las oficinas de innovación de las universidades involucradas. El proyecto y sus potenciales avances cayeron en el silencio de forma paulatina, de modo que el escándalo que redirigió la atención hacia el equipo de investigación pareció enorme en comparación.

—No puedo tolerar ese tipo de comentarios en mi primera clase —dice Rena sin levantar la vista del computador. El hombre asiente cortésmente y se mueve desde el umbral de la puerta a la silla frente a Rena. Cruza unas manos pulcras y de largos dedos sobre la rodilla. Sus zapatos reflejan la luz de los tubos fluorescentes que iluminan la oficina sin ventanas. Rena interrumpe el frenético tecleo en su computador y, con un suspiro, dirige la vista hacia el recién llegado.

—Sabes que no estoy aquí porque hayas asustado a un estudiante de segundo año —el hombre inclina la cabeza para mirarla con los ojos entrecerrados. —Estoy aquí porque supe que hablaste de tu participación en el PGM.

—Estoy segura de que no será la última vez. Es el primer resultado que da mi nombre en los buscadores, incluso antes que mi afiliación a esta casa de estudios. Agradecería si pudieran invertir en un par de algoritmos que permitieran que mi perfil de internet fuese más... sobrio.

—Rena —dice el hombre mientras se reacomoda el traje azul petróleo— la universidad no puede controlar lo que los estudiantes saben acerca de ti, pero sí necesito que no te involucres en discusiones detalladas con ellos sobre tu rol en el PGM. No es necesario que se enteren de tu.... condición —el hombre parece arrepentirse inmediatamente de lo dicho, pero no se desdice. Completamente razonable —piensa ella mientras trata de hacer algo con sus manos. En algún lugar de la oficina suena una alarma y se le ocurre que ha olvidado algo.

—Mira —le dice al hombre— sé que el Consejo ha estado dudoso de mi incorporación a las clases con estudiantes y agradezco que me hayan permitido volver a la docencia —traga densamente antes de seguir con voz ahogada—, pero ustedes han suscrito a este convenio de reinserción de científicas destacadas y no me están haciendo ningún favor. Ustedes obtienen puntos de acreditación y yo puedo volver a sentirme un ser humano. Ambos ganamos.

Súbitamente siente náuseas y se da cuenta de que sus palmas se han cubierto de sudor. El hombre fuerza una sonrisa y, por un momento, parece asustado. Ella reconoce esa expresión y decide volver a apoyar su espalda contra el respaldo de la silla y parecer en control. Se quedan en silencio hasta que el hombre decide romperlo abruptamente.

—Aparentemente no has actualizado tu ficha clínica en varios días —anuncia—. Como encargado del programa de reinserción sabes que se me exige tener tal información al día. Le muestra una pantalla densa de gráficos en su tableta. —Tienes una cita con Eliza mañana. No llegues tarde.

Rena no da señales de haber escuchado. Se queda en su escritorio mirando el espacio delante de ella mientras escucha las pisadas del hombre perderse por el pasillo. Después de unos minutos, inclina la cabeza como si escuchara algo con atención, y la tensión deja su cuerpo paulatinamente.

Desde hace algunas noches siente un peso familiar asentarse en su pecho. Lo asimila a un nudo hecho de pliegues tan delicados que no se atreve a abrir por temor a rasgarlo. En el último mes, en noches particularmente frías, se ha sorprendido buscando el calor de otra presencia bajo las mantas. Otras veces, después de apagar la luz, pasa minutos con el brazo extendido, buscando alguien a quién abrazar hasta que recuerda que vive sola. A medida que el cálido aliento de la primavera le gana al frío, a veces entra a una habitación y siente un aroma familiar, como si alguien recién hubiera dejado el lugar. En las noches en que la presencia es insoportable, se levanta y deambula por calles familiares y apacibles hasta que el dolor se atenúa, para refugiarse después en su oficina de la facultad. Inmersa en el silencio previo a la llegada de los estudiantes, amparada por la complicidad de las mujeres que limpian el edificio, traza fórmulas con precisión mántrica tratando de rescatar un nombre que se le escapa.

Encuentra el cuadernito en una caja bajo su escritorio. Por un momento piensa en descartarlo y seguir buscando lo que necesita, pero algo, el peso entre sus manos, le obliga a abrirlo. Parece un cuaderno de cálculos, ya que cada hoja se encuentra cubierta por marañas de fórmulas. No obstante, dos caligrafías diferentes se entrelazan en casi todas las páginas; algunas veces una domina a la otra al sobrescribir fórmulas completas pero, la mayoría de las veces, una subraya o parece agregar signos de expresión a las fórmulas, como si las incitara a continuar. Reconoce su propia letra sin dificultad alguna, no obstante, la otra, extrañamente familiar, le parece salida de un sueño. En una de las páginas se encuentra con una ilustración de una mujer con decenas de brazos. La línea es delicada y temblorosa y definitivamente no es suya. En la página siguiente la espera un papel doblado con cinta adhesiva.

Al abrirlo se encuentra con las siguientes palabras:

«*Nos habíamos visto antes en el PGM, pero nos encontramos realmente en el Rengeō-in, en Kyoto. En él, mil y una estatuas de Kannon, la diosa de la compasión, esperan a los visitantes alineadas cuidadosamente unas junto a otras. La leyenda dice que los invitados deben tener paciencia para mirar cada rostro porque entre ellos se puede reconocer a alguien a quien se extraña. ¿Se ha perdido a esa persona? ¿O aún no se la conoce? Sobre las cabezas de las estatuas, once testas adicionales representan los estadios por los que ha pasado la Bodhisattva para llegar a la Iluminación. Al avanzar por el pasillo, bajo la luz parpadeante, puedes ver por el rabillo del ojo a las estatuas cobrar vida y desplegar sus cientos de brazos. Si caminas en silencio total, puedes escuchar a sus once cabezas murmurar los secretos para dejar atrás el sufrimiento. Fue en ese pasillo en el que entrecruzamos nuestros dedos por primera vez, amparadas por sombras de setecientos años.*»

En algún lugar de la oficina, el ruido de una alarma suena ahogadamente. Apenas se da cuenta y el ataque de pánico se abalanza sobre ella.

Rena se hunde en el suave sillón de colores cálidos. Una monstera deliciosa de casi dos metros se yergue junto a la ventana, sus inmensas hojas derramando sombras azules sobre el escritorio de la terapeuta. Le apacigua el carácter atemporal de esa monstera; nunca cambia de color, no gana ni pierde hojas, sus brotes se conservan perfectamente coagulados en el tiempo. La habitación siempre tiene la misma temperatura, y melodías diseñadas para producir sosiego suenan por unos parlantes ubicuos. Un cansancio sobrecogedor la acomete y siente el conocido cosquilleo del sueño, pero se obliga a enderezar la espalda y planta ambos pies en el suelo mullido. La ingeniería mnemónica se ha vuelto un campo popular de práctica terapéutica, algo a lo que el PGM, a pesar de su estrepitoso fracaso, contribuyó a inaugurar. Es en parte por esta contribución a la sociedad que el estado la ha incorporado al plan de reinserción de científicas. Este plan involucra, entre otras cosas, terapias mensuales con una trabajadora de memoria de modo de contrarrestar los desajustes asociados a la participación en el PGM y asegurar una reinserción exitosa.

—Hay algo que no está funcionando —farfulla Rena antes de que la mujer pueda hacer el enmarque terapéutico protocolar. Eliza mantiene su sonrisa tranquilizadora y cruza y descruza sus dedos. —Mi memoria se ha vuelto peor y la estoy olvidando —termina.

—¿Cómo va tu receta de Neimoden? —replica la terapeuta. Mantiene sus manos sobre el escritorio, las uñas pálidas bajo la luz artificial.

—Quizás la dosis no es la correcta —continúa Rena. —He estado olvidando qué significan las alarmas, y el nombre mismo... Sé que la estoy olvidando y necesito una nueva dosis, quizás incluso una nueva receta. Sé que tienen sostenedores de memoria más avanzados que pueden ayudarme a recordarla.

La trabajadora vuelve a descruzar sus dedos. Rena sabe que no son dedos orgánicos en el sentido estricto, pero aún así la distraen los rastros de desgaste en la cutícula.

—¿Quizás quieras hablarme más acerca de aquello que estás olvidando? —sugirió Eliza, la afabilidad volviendo a sus rasgos... Se parecía a su madre cuando la miraba así, seguramente un rasgo intencional de su diseño.

—Es una mujer, una presencia que habita fuertemente en mi casa, pero que recientemente se ha movilizado hacia mi oficina. Por las noches la puedo casi sentir, cuando el aire se torna estático y la luz de la mesita se encuentra encendida. Vuelve a mí como un recuerdo olfativo y puedo sentirla con todo mi cuerpo, en la luz amarillenta que derrama la ampolleta...

—Deberíamos ajustar la dosis... —interrumpe Eliza tecleando en una pantalla que antes no estaba ahí.

—¡Las dosis no están ayudando! —exclama Rena, cerca de la desesperación. No obstante, decide guardar silencio ante la mirada alarmada de Eliza.

—El programa de reinserción involucra una cláusula de confidencialidad que obliga a los exmiembros de los equipos de investigación a someterse a terapia mnemónica para olvidar todo lo que estaba inscrito como propiedad industrial de la firma privada a la que se le vendió el proyecto—. Eliza acentúa cada palabra con un pequeño golpe de su dedo índice en la mesa plastificada.

—De no cumplir con esta cláusula serás desvinculada del programa de reinserción. No encontrarás trabajo jamás.

—Llevo en este proceso meses y no he podido recuperar ni un solo recuerdo de ella —replica Rena cansadamente. —Ustedes han retejido los recuerdos de forma incorrecta. La han quitado de mis recuerdos, probablemente por un error, quizás sea algo fácil de corregir —sonríe con debilidad. —Por favor —ruega—

no puedo recordar su rostro, ni su nombre. Quizás el estrés de volver a la docencia ha empeorado todo...

—Rena, justamente ese es el problema —el rostro de Eliza por primera vez le parece enfermizo bajo la luz artificial. —No hay nada malo con tu memoria.

Rena se queda muy quieta bajo la mirada de la terapeuta, tan quieta que podría ser una extensión de la monstera, derramando sombras azules sobre el escritorio.

Eliza toma su inmovilidad como signo de atención.

—El trabajo de reingeniería mnemónica que estamos haciendo contigo no es para que recuerdes a alguien, sino para que la olvides. De alguna manera tu participación en el PGM derivó en la creación de un síndrome de memoria falsa, según el cual estás en una relación amorosa con alguien que jamás ha existido.

Hay varias formas de concebir la inmortalidad. Los millonarios de la innovación conciben la muerte como un problema a solucionar. En consecuencia, vivir para siempre involucra la conquista de la entropía, la podredumbre, la muerte celular. Una inmortalidad como esta implica subjetividades «tal como son», en un *momento culmine*, de modo tal de salvaguardar de la forma más auténtica posible su actual existencia. Esa línea de pensamiento sobre la inmortalidad ha derramado millones de dólares en terapias de hipotermia controlada, en técnicas cada vez más sofisticadas de resucitación y en nanotecnología para reparar células a medida que se dañan. Sin embargo, existen otras formas de concebir la inmortalidad. Una de ellas es la que trató de desarrollar el PGM, a través del gobierno de los mecanismos y las tecnologías de la memoria.

Este proyecto concebía la muerte biológica y la muerte social como dos elementos entrelazados y dependientes. Una forma de alcanzar la inmortalidad era a través de la reconstrucción de los muertos por medio de las memorias combinadas de diversas personas y animales que habían recogido información sobre dicho ser mientras estaba con vida. Dentro del proyecto, una de las unidades exploraba las posibilidades de traer a alguien a una existencia material a partir de dispositivos orgánicos y corporales de memoria. Examinaban la capacidad del cuerpo orgánico para producir un recuerdo material. El principio fundamental de la unidad podía leerse en todos sus documentos oficiales: el individuo nunca está constituido por un solo registro, sino por registros colectivos.

El sonido estridente de una alarma le hace abrir los ojos y se encuentra de regreso en su oficina. El ruido en su estómago le indica que es cerca del mediodía. Frente a ella, la pizarra está llena de garabatos ilegibles que no recuerda haber escrito. La alarma le indica que «es tiempo de tomarse el Neimoden», y se queda unos minutos mirando idiotamente el mensaje, sin poder recordar qué es lo que tiene que hacer. Se levanta para buscar el nombre en internet, pero su pantalla parpadea con cientos de archivos cargándose simultáneamente. Decide no dormir esa noche. La mañana la encuentra con el cuadernito azul apretado entre sus brazos y los ojos heridos de imaginar posibles presencias que le faltan. Busca hacia dentro, pero el rastro se disipa y llega a un lugar blanco en medio de sus recuerdos. Tiene hasta un nombre entre sus labios, pero no hay nadie ahí para recibirlo. Sin embargo, el cuadernito vibra con las fórmulas, gráficos y diagramas que describen una posible máquina para recrear personas a partir de un cuerpo que fue amado. La fuerza del nombre vuelve a sus labios y, con él, la seguridad de que a quien ha perdido está en esas notas y que la está esperando.

«Necesitamos la física emocional que nos permita comprender cómo volver a proyectar ese cuerpo o esos cuerpos enquistados en el propio, con qué haz debemos bañarnos para reconstituir esas sombras, ojalá, queridas y añoradas. Quizás la gente deja una huella física en los cuerpos como la impronta que la luz deja en esos átomos helados, una marca que transportas a todas partes sin darte cuenta. Y, tal vez, las marcas que otros han dejado en nuestro cuerpo permiten recobrar a una persona perdida hace mucho.»

Comienza a pasar más tiempo en su oficina, a solas con la maraña de fórmulas que cubre numerosas pizarras. Los recuerdos parecen anidar ahí, en los escritos con letra minuciosa, en los retazos de imágenes que se le aparecen cuando sostiene el cuadernito en sus manos. Cree que las fórmulas apuntan a la construcción de una máquina de registro y reproducción, una forma no humana de memoria capaz de proyectar lo que el cuerpo registra y de hacerlo material.

En el Rengeō-in habían enlazado sus dedos por primera vez. El rostro de ella, moreno, pequeño, con sus mejillas llenas y sus ojos resplandeciendo en el pasillo mal iluminado. En los recuerdos, que aparecían con cada vez más frecuencia, nunca dejaban el templo. Se escabullían exitosamente de los guardias que sospechaban de su permanente presencia entre las Kannon. Le quitaba tiempo a sus labores en el PGM para estar con ella y compensaba trabajando horas inhumanas y ofreciéndose a hacer las labores menos atractivas y más meticulosas. En las noches, aprovechaban cualquier descanso para envolverse la una en la otra, imprimiendo carne y suspiros a las fórmulas y cálculos.

Las notas en el cuadernito azul son lo suficientemente completas como para ahorrarle meses de teoría y se sorprende hablándole en voz alta cuando se encuentra sola en su oficina. Entremedio de las notas y las fórmulas, el librito tiene fotografías en blanco y negro de ella, cuerpo completo y desnuda, con manchas de colores bañando torpemente algunas partes de su cuerpo. No recuerda habérselas sacado. Trabaja día y noche en la máquina. Su oficina en el subterráneo de la facultad, húmeda, oscura, al final de un pasillo, por primera vez le parece perfecta.

Los medios de prensa que reportaron la cancelación del PGM hicieron hincapié en que dos de los académicos a cargo estaban involucrados en enormes casos de malversación de fondos públicos. Solo unos pocos medios de prensa hicieron eco de teorías que llamaron «conspirativas» respecto a que el problema era de otro orden, de que el PGM había, de hecho, tenido éxito en revivir personas a partir de huellas dejadas en la materia de los cuerpos.

—Si no te tomas el Neimoden, el tejido mnemónico que hemos estado hilando durante todos estos meses colapsará, y con él los recuerdos que has formado desde que saliste del PGM —le había advertido Eliza, con algo de impaciencia. Algunas noches, las peores, sueña con que recorre el pasillo en el Rengeō-in, que se encuentra estéril y vacío. Las Kannon no la rodean. Sus llamados resuenan en las paredes de madera agrietada.

Las fotografías de su cuerpo se acumulan a medida que descodifica y accede a más y más archivos de su computador. Cada foto tiene una fecha y hora, y sobrescribe y desdice la imagen previa; los colores sobre su cuerpo repitiéndose como nubes arreboladas y empujadas por el aire. Los recuerdos se suceden de la misma manera. Están acostadas una al lado de la otra, aunque Rena no puede verla claramente. Escucha su voz a su lado: —Puedo decirte cosas sobre ti que ni tú misma sabes. Rena sonríe y contesta: —Primera vez que salgo con un oráculo. En las fotos comienza a predominar un color anaranjado por sobre otros y las áreas que este cubre comienzan a hacerse más repetitivas, definidas, más parecidas a puntos de energía que fluyen desde su vientre bajo hacia sus manos, sus pechos, su cuello, sus labios, sus mejillas, en un ciclo constante de caricias que ahoga todos los otros colores. Las fotografías se detienen unos días antes de que el PGM fuera cancelado.

En la última fotografía sus manos adquieren una cualidad fantasmal, rodeada de brillos cálidos que parecen sostenerlas en el aire. Su cuerpo parece exudar vapor y cree poder distinguir otra forma sobre ella. Su rostro se encuentra perforado por haces de luz y sus ojos fijos en un punto sobre su línea de visión, la boca levemente entreabierta. No sabe si su expresión es de veneración o de absoluto terror. Lo que emerge no es su cuerpo sino una versión luminosa y fragmentada de un lugar para habitar. Un espacio en medio de muchos otros cuerpos, formado por algo que estaba ovillado y que se despliega. Entiende que ha ocultado sus propios recuerdos en el librito y en estas fotografías, que ha trazado en su propio cuerpo el terreno de la amada para que no puedan arrebatársela con memorias tejidas con puntos falsos.

Termina la máquina en tres semanas exactas. Las mujeres de la limpieza cruzan miradas con ella cuando sale al baño o a comer. Sus ojos son graves y contienen tanta lástima que apenas puede devolverles el saludo. Se le ocurre que le queda poco tiempo antes de que alguien sea obligado a hablar sobre los ruidos en su oficina.

El aparato ha desplazado los pocos muebles de su oficina y cubierto el techo con sus pilares. Al centro del perímetro de 360° ha reservado un espacio relativamente despejado para ella. Lo ha mantenido simple y rudimentario y se ha conseguido varios generadores adicionales para hacerlos correr en orden de alimentar la máquina. Es verano, el sol tarda en ocultarse y el campus se vacía rápidamente. En cuanto se siente segura enciende la máquina. La habitación se ilumina lenta y ruidosamente. Los pilares tiemblan y ella se posiciona al centro del círculo y activa a distancia el escáner. Los pilares apuntan sus cámaras hacia ella y beben de su cuerpo ávidamente. Registran, trazan, dimensionan y replican cada partícula que la compone y las sombras que la moldean. Mientras el proceso se extiende de minutos a horas, ella repite un nombre, luminoso, familiar, para mantener la esperanza. Trata de alcanzar el recuerdo en Kyoto, pero el rostro de ella ha comenzado a fundirse con el de cientos de diosas en camino a la iluminación. La duda se anida en esas horas en que espera a que el escáner trace todo su cuerpo. No todo es posible de registrar, piensa, existen los espacios entre las pieles, el aura espesa del que se compone la memoria, la emoción, el color de la luz, la densidad de la masa, la fuerza con la que se puede apretar al otro, la velocidad con la que vienen los pensamientos a su cabeza, la necesidad de la costumbre, la búsqueda de la felicidad al dar con una frase hermosa, la plenitud, el hastío, la decepción; todas esas cosas que no están solo en el cuerpo. No es posible reproducir a otro ser vivo, se dice, con terror súbito.

Cuando piensa que ya no la podrán sostener más las piernas, los pilares se apagan con un ruido abrupto. Por unos segundos, cree que se han sobrecargado los generadores y que debe comenzar todo de nuevo, sin embargo, un resplandor débil llama su atención. Tarda un poco en entender que es su piel la que emite una luminosidad fría, la que le permite ver alrededor. Tarda aún más, quizás porque no se atreve, quizás porque no entiende lo que ve, en mirar a quien está frente a ella.

Belisa se yergue con su cuerpo tornasolado y cientos de brazos que entran y salen de la oscuridad que la rodea. Belisa es mil dientes y encías, es rostro de engranajes devorándose a sí misma. Belisa tiene o es dos orbes oscuros e inmóviles que la reflejan.

—¿Soy satisfactoria para tu memoria? —pregunta Belisa y su voz suena profundamente triste y temblorosa. Hay alguien en el templo que no es humano. Tiene mil brazos y once cabezas para presenciar el sufrimiento de los hombres, que viene desde todos lados y es imparable. Sus brazos se mueven como mecidos por la brisa, reluciendo expectantes en el oscuro pabellón. Todas las mujeres de su vida, y de otras vidas que no es posible reconocer, yacen en esos brazos y en esos rostros. Recuerda acercarse a esta Kannon espantosamente viva y extender sus dedos temblorosos hacia los de ella para tocarlos.

—Así que la máquina no puede traer a alguien de regreso —susurra ella, después de un largo rato. Otro orbe se abre en el rostro de Belisa. —Solo puede crear algo nuevo, a partir de recuerdos corporales.

—No es la primera vez que hacemos esto —responde Belisa, y esta vez su voz suena metálica—. Lo intentamos mientras el PGM estaba en funciones. La persona que tratabas originalmente de reproducir se encuentra tan enhebrada conmigo que, al mismo tiempo, se ha perdido en la memoria. No has querido renunciar a ella y, al no tener otra forma de resguardar la información de mi existencia más que a través de tu cuerpo, lo has ofrecido para que sea mi refugio.

Belisa hace girar las pequeñas ruedas engarzadas que cubren su cuerpo, lo que las envuelve a ambas en destellos opacos, multicolores. Ella siente una calidez familiar que emana de las luces a su alrededor. El lugar donde habita Belisa está hecho de pequeñas bombillas porosas que desprenden luz cuando se las toca demasiado fuerte. Si las acaricias, en cambio, te responden derramando gotas luminosas en tus dedos, como besos torpes.

—Entiendo —dice ella, y se inclina hacia el inestable cuerpo de Belisa sin pensarlo. Y, mientras la siente desplegarse y retraerse en el estrecho espacio de luz que comparten, comprende que volverá a ser el hogar de Belisa hasta que esta florezca a su lado, en un hogar propio.

Philip

Pablo Erminy

Amanecía, y los postes de luz dejaron de irradiar sobre los charcos helados. Al fondo de la avenida una joven de cabellos azules temblaba y se frotaba las palmas, buscando acurrucarse en el interior del abrigo de su pareja. Salía vapor de sus bocas cuando reían. La pareja se balanceaba sobre un muro de concreto descuidado, tatuado de aerosoles, con palabras en los pedruscos que anunciaban que el final estaba cerca. Ese muro alto servía para separarlos del océano. Imagino que esperaban por el sol, escurriendo su ocre fundido sobre el mar. El teléfono sonó. Me quité los guantes y atendí. «Estoy allí en cinco minutos», me dijo con la voz ronca. Íbamos un poco tarde para la «misa» de su hermano. Philip alcanzó una metástasis severa. El origen había corroído el centro de su cerebro. Desde el principio se nos explicó que era inoperable. La ceremonia buscaba celebrarlo, antes de que lo enterraran vivo.

Llegamos al instituto, pero aguardamos un instante dentro del coche. Nos miramos. Sus ojos grises continuaban dispersos. Había cargado la sonrisa agrietada durante todo el camino. Se concentró en mi boca, montándose en mis piernas para besarme y desabotonando mi pantalón. Sus susurros me repetían que a esta hora era vital ahogar el dolor con placer. Subiendo la calefacción para ablandar su espalda, me enredé en sus cabellos y jalé su cabeza hacia atrás, buscando lamer el interior de su blusa. Subí la lengua hasta su boca que jadeaba entreabierta, y cuando sentí el salado de sus lágrimas, me vacié en ella. Compuso su falda y corrigió su maquillaje. «Luego de esto, volaremos al desierto. Le diremos adiós juntos.»

Yo no sé si quiera ver eso, Claudine. Pensé que quizás sí. Pero ahora, la idea de verlo despierto...

¿No vienes?

Ese proceso lo matará. Yo no quiero verlo morir.

El frío se adentraba con rapidez. Su piel erizada, sus manos cubriéndose el rostro. Respiró hondo y abrió la puerta para salir del coche.

Nos dirigimos hacia un altar con varios artefactos que pertenecían a Philip. Allí, el padre de Claudine conversaba con otros inmortalistas. El lugar se fue llenando de gente. Con el último grupo sentándose, el padre dirigió la palabra a los presentes desde el podio. Los ojos de Claudine demarcaban dos abismos interminables. El padre narró con voz temblorosa la historia de su hijo, un gran ingeniero a quien la vida había sembrado en un cadáver. Hoy se embarcaba, esa misma tarde, en una aventura que terminaría más allá de su tiempo en la Tierra. Se emocionaba imaginándolo, años en el futuro, abriendo los ojos, resucitando ante un nuevo orden mundial.

Detrás de él, la gran pantalla proyectaba las memorias de Philip. Una de las imágenes me descubría de chico a su lado. Philip y yo crecimos juntos.

Cuando ecapábamos de la secundaria, tomábamos largas caminatas para ganar tiempo y tirarnos ácido en el paladar. A menudo recorríamos su colección de ciencia ficción. Yo la codiciaba tanto. Para ambos, su pieza de mayor valor era «*The Jameson Satellite*», de la serie *Amazing Stories*, idolatrada por Asimov, quien la consideraba «una de las más hermosas y escalofriantes ventanas del futuro.» Cuenta la historia de un científico de apellido Jameson, poseído por la lujuria de conservar su cuerpo intacto para siempre. Jameson decidió dispararse al espacio, guardado dentro de un cohete diseñado para preservarlo después de su expiración. El sarcófago se descubrió congelado y flotando sin rumbo, bordeando una galaxia consumida. Fue despertado por una especie extraterrestre cuarenta millones de años después.

«Papá», susurró Claudine antes de precipitarse al altar, mientras que sus colegas lo ayudaban a levantarse del suelo. Estaba inconsolable. «Papá», pronunciando la palabra con tan poca voz.

Los dispositivos de Philip colocados sobre el altar se encendieron, desencadenando un coro digital a distintos intervalos. Titilaban colores, engranándose a sí mismos. Parecían tener un comando secreto que los volvía operativos en ciertos momentos del día para recibir información, pero nadie los había descifrado. Ni siquiera su padre. Nadie sabía realmente qué tipo de información absorbían, ni cómo. Nadie pudo corroborar si Philip, luego de dedicar su vida a ello, había logrado la promesa de transferir su alma al nirvana de la inteligencia artificial, alcanzando su meta para que todos —toda la humanidad— vivieran para siempre.

Cuando salimos de ese lugar, ya nos esperaban para llevarnos a la pista.

Ven conmigo.

No puedo verlo morir, Claudine.

Te lo suplico, por favor ven.

El viento arrastró el aroma a diesel de las turbinas. Su cabello azul ondulaba sobre sus labios.

Necesitará verte antes de irse. Por favor.

Al alcanzar altura, su padre se retiró a los compartimientos de descanso. Ató su cadera a los cinturones, justo antes de la turbulencia. Cuando los temblores cedieron, sus brazos levitaron hacia la nada, suspendidos, meciéndose en la suavidad de la «gravedad cero». Claudine y yo conseguimos alivio en los temas que tanto nos apasionaban a los tres. Me confesó dónde viviría su avatar dentro de miles de años, bronceada bajo el cielo mandarina, recostada sobre las dunas, al borde de un lago de rubí. Sus muslos traslúcidos buscando derramarse en los míos, su boca cableada a mi boca. Los motores, de pronto, elevaron la punta del fuselaje, girándolo para aterrizar; el sol amarillo de la ventanilla irradió de oro sus ojos.

*

El padre firmó los documentos y Claudine besó la frente aún caliente de Philip. Lo acababan de sacar de un contenedor y le quedaba poco tiempo de vida. Como si fuese propulsado por una de esas baterías de finales de siglo, corroídas y deterioradas, sus movimientos fueron cada vez más pausados. La joven que llevaba puesta la bata negra de laboratorio cerró la pantalla virtual y se despidió. El padre abrazó con fuerza a sus hijos y, secundándola, se retiró también.

No había más nadie en ese espacio que tenían para que las familias se despidiesen. La estructura imitaba el interior de una vasta catedral vacía, toda envuelta por dentro por una especie de blanco plateado que terminaba, a ambos extremos, en idénticas puertas de vidrio. Philip besó a su hermana y giró para verme. «Eh, tengo algo para ti, pero solo puedes abrirlo cuando me hayan apagado.» Yo me mantenía alejado de ellos. No quería acercarme más, pero Philip caminó con mucha dificultad hacia mí y me abrazó. El corazón me reventaba las costillas. Apreté a mi amigo con fuerza. Escuché a su hermana sollozar. Philip me miró fijamente: «Recuerda... Solo hasta después de que me hayan apagado...»

Regresó a su hermana. Se sonrieron juntando las frentes por varios segundos. Luego se alejó de nosotros avanzando hacia las puertas de vidrio que le esperaban al fondo. Las abrió, se detuvo, miró al vacío, cruzó a su izquierda y desapareció en el corredor.

El reactor dejaba las últimas lunas atrás. Claudine reposaba su cabeza sobre mis piernas. Saqué de mi bolso el pequeño paquete y descubrí en su interior su regalo. Una novela gráfica, manoseada, descolorada, entre las páginas había notas y algoritmos escritos con su puño y letra. Era su lectura más preciada, acerca de un soñador que, luego de haber dormido durante millones de años, despertó al otro lado del universo. Hoy me pregunto si quizás no somos más que un sueño perpetuo de Philip. Uno que él imagina dormido, mientras descansa en paz, flotando en el hielo.

* *

Dos máquinas se encontraban a la orilla del agua carmesí, sentadas sobre una muralla hecha de vitrales. En la parte superior de sus cuerpos se distinguían dos orificios, bordeados por diminutas luces intermitentes. Desde esas aperturas, salía un vapor viscoso que chorreaba luego de un chasquido. El tiempo, o el concepto de tiempo en este lugar, era distinto. Entre los ecos armónicos que emitían, ambas máquinas se tocaban.

Del otro lado del mural, el pasto fulguraba una clorofila de mercurio rojo. Las máquinas se acostaron juntas sobre la grama. Un continuo oleaje de fuego engordaba a las nubes. El más grueso de los dos cuerpos expulsaba bocanadas de humo azul; el más pequeño las absorbía, y volvía a temblar.

«Desvanecernos, perdernos en el otro», pensó la máquina más pequeña, invocando un idioma muerto. «Quiero tu radiación fluyendo encima de mí. Quiero quedarme dormida luego de correrme.»

Con el último espasmo furioso del colosal mecanismo, la más pequeña se le aferró con fuerza.

«Mi corazón, que aún a pesar de diez mil millones de ayeres y órbitas sigue siendo humano... bombeando tu leche», concluyó, entre los sonidos que hacen las máquinas cuando se estremecen.

La oración de los conversos

Malena Salazar Maciá

Micaela observó con fascinación la esfera corrupta que era el planeta Termil-57.

Al inicio, no fue más que un punto gris mate incrustado en la inmensidad cósmica. Hubiese pasado desapercibido si al incidir sobre él la luz de su estrella no le crease un halo purpúreo. El efecto perdía dramatismo en cuanto se iniciaba el acercamiento a la órbita.

Termil-57 era un basurero de chatarra.

No existía la más leve anunciación de vida. Sobre los continentes se erizaban promontorios metálicos que apuntaban al cielo, acusadores, testigos de una catástrofe imprevista, guardianes de millones de aullidos que, una vez, brotaron de gargantas aterrorizadas, cuentacuentos mudos de olas de desesperación. El único mar pecaba de negrura semisólida, salpicada de islas flotantes conformadas por desperdicios oxidados, inmóviles, porque ya no existía ningún lugar al que ir.

Para Micaela, cada fragmento del planeta que aparecía en las pantallas, por obra y cámara de las sondas de exploración, bien merecía alguna que otra palabra de asombro capaz de perderse en el arrullo de los instrumentos de la cabina.

Para Vero, xenoarqueóloga con varios doctorados incrustados en las costillas, era un trabajo más.

—¿No vamos a bajar? —preguntó Micaela.

Vero no lució contrariada por el pedido.

—No. En casos de planetas desahuciados, el protocolo dicta usar las sondas para...

— ...confirmar temperatura, niveles de oxígeno, identificar agentes hostiles, recoger muestras, realizar análisis primarios... —la cortó Micaela con el tono monótono de los manuales de Academia—. Ya tenemos lecturas favorables, ¿qué nos impide bajar al campo, hacer el verdadero trabajo de xenoarqueología?

—La prudencia —respondió Vero, inmutable. Contemplaba las imágenes de lo que otrora fueran edificios, mordidos por el tiempo y el abandono—. Y mi experiencia. ¿No leíste el informe?

—Sí. Pero está plagado de tecnicismos y eso lo volvió insoportable. Vine porque me dejé convencer por la idea de desvelar los hechos que convirtieron a Termil-57 en un planeta maldito.

—Y porque la aprobación de tu primer doctorado depende del desempeño en actividades prácticas.

—Eso también —admitió Micaela entre dientes. La emoción inicial se transformó en aburrimiento. Las sondas escaneaban paisajes monótonos y enviaban resultados igual de repetitivos—. Quiero su informe personal, doctora. Convénzame de que mi futuro éxito depende de desempeñarme a través de las sondas y no en el campo, recogiendo muestras y desencriptando civilizaciones perdidas.

Vero se recostó en la silla. El respaldar, obediente a la presión ejercida con la espalda, se inclinó lo justo para ofrecerle a la doctora la comodidad que buscaba.

—No existen registros fiables acerca de lo que destruyó Termil-57. La mayoría de los archivos están corruptos. La información que lograron transmitir al cuadrante, antes de perder la comunicación y que el área se declarase en cuarentena, fue ínfima. Sí hicieron hincapié en un detalle: que nada entrara, que nada saliera. Sus habitantes estaban condenados y lo asumieron. Termil-57 quedó olvidado y se prohibió a las naves, fuera cual fuese, que entraran en la atmósfera.

—Y lo hicieron —afirmó Micaela.

—Lo hicieron —confirmó Vero—. Guiados por leyendas. Rumores. Nunca regresaron. Elegí el caso porque ha pasado demasiado tiempo y, lo que sea que destruyó Termil-57, es historia antigua. Pienso que merece ser investigado. Está en nuestras manos revelarlo al...

Vero se interrumpió. Con gesto adusto de quien presiente problemas, se inclinó sobre las pantallas. Micaela, quien permaneciera absorta en la explicación de la doctora, descubrió que habían perdido contacto con las tres sondas que enviaran a explorar los vericuetos del planeta. Sin recibir instrucciones, testeó un enlace con las herramientas. Un segundo protocolo de emergencia fue ejecutado. Un tercero, inviolable. Las comunicaciones nunca se restablecieron.

—No pueden haber desaparecido —murmuró Vero—. No se registró ninguna forma biológica que representara una amenaza. Tampoco se detecta sistema electrónico operativo que enviase ataques virtuales o físicos. No se generaron reportes de la destrucción de las sondas. En Termil-57 no hay nada, solo chatarra.

—Enviemos la cinco-cero-uno-nueve —dijo Micaela con calma templada, visos de una futura profesional que debe aprender cómo sobrellevar los peligros ocultos en cada misión. No iba a retroceder. No tan cerca de alcanzar la meta.

—No —Vero dio inicio a la resistencia y Micaela, sin contemplaciones, la clasificó de obstáculo—. Lo correcto es retirarnos a la base del cuadrante, o mandar un mensaje solicitando apoyo. Solo nos quedan tres sondas...

—Suficientes —Micaela estableció su posición. Vero, bañada de neutralidad, la miró con una ceja en alto—. Enviémosla. La configuraremos para detectar fuentes de energía. De cualquier tipo, de cualquier magnitud. Que nos transmita en tiempo real un mapeado de los puntos donde exista más concentración energética. Pensé que usted, la destacada xenoarqueóloga Verónica Ill'aer, sería un poco más resistente, que no entraría en pánico ante el primer revés. Piénselo: la sonda nos dará más datos y valoraremos qué hacer. Regresar con las manos vacías no es una opción.

Micaela enfrentó el silencio de la mentora. Apretó las manos en puños hasta hacerse daño en las palmas. Era el paso decisivo de su carrera. De lograrlo, sería reconocida, aplaudida en el gremio, codiciada en equipos de exploración. La xenoarqueóloga Micaela Habat, la desveladora de misterios de planetas mil veces malditos.

En pleno desafío a la autoridad y con manos diestras programó la siguiente sonda. Agregó detección de espectro visible, electromagnético y de frecuencias. Vero, en silencio, la observó trabajar. Cuando la sonda fue lanzada hacia Termil-57, Micaela, sin uso del lenguaje hablado, la desafió a un regaño, un aborto de misión, una sanción académica. Sin embargo, Vero no dijo nada y prestó atención a las pantallas. Si el comportamiento de la aspirante le causaba molestia, no lo manifestó en ningún momento.

Las primeras lecturas no mostraron nada interesante. El astro estaba muerto. Ni siquiera proliferaban bacterias. Sin embargo, un punto rojo, apenas titilante, apareció en el continente oeste. Nada más. La única fuente energética detectada en todo el planeta estaba allí, pero era tan débil como el guiño ocasional de una estrella a millones de años luz. La sonda, en cuestión de minutos, salvó la distancia que la separaba de la señal e inició un acercamiento entre las montañas oxidadas. El vídeo se tornó nítido en las pantallas, sin interferencias. Lo último que recibieron Micaela y Vero antes de la desaparición silenciosa de la cuarta sonda, fueron imágenes perturbadoras.

—¿Qué significa esto?

—Significa que lo más sensato es olvidarnos de este planeta. Marca rumbo a la base del cuadrante…

—No —Micaela frunció los labios—. Voy a preparar la cápsula de reconocimiento y mi traje hermético. Voy a bajar.

Micaela esperó que Vero se opusiese a su impertinencia con la fuerza de una supernova. Ella misma consideraba su decisión como imprudente, sin embargo, regresar a la Academia con la misión abortada no iba a hablar bien de ella. Falsificó recomendaciones, aplastó a suficientes candidatos para obtener un lugar junto a Verónica Ill'aer y lanzarse hacia el misterio de Termil-57, joyita inexplorada de la xenoarqueología.

Quería un triunfo. Su triunfo. Y estaba dispuesta a arrebatárselo a Vero si era necesario.

La doctora respondía a su ímpetu con profesionalidad. En ese instante la mujer ofrecía un espectáculo de absoluto control sobre los nervios. Micaela dejó que la envidia la masticara unos minutos. Su parte racional era capaz de comprender la profundidad del pozo donde pretendía sumergirse, porque, ¿qué era capaz de desaparecer una sonda sin disparar ninguna alerta ni ser detectado? Vero, aunque no lo demostrase abiertamente, no parecía muy segura de querer averiguarlo.

Pero Micaela sí estaba decidida a hacerlo. La maldición de Termil-57 había pasado a convertirse en una obsesión alcanzable, con todo el reconocimiento que conllevaba.

—Si no está segura de bajar, doctora... —Micaela casi se corta los labios a causa de su propia voz, afilada como las místicas armas de Duat—, puede quedarse aquí. No se lo reprocharé. Lo más sensato es que una de las dos opere la nave de ocurrir algo... pero después deberá anunciar públicamente que el descubrimiento es mío.

Micaela esperó. Vero, por fin, dibujó en el ceño una débil arruga de preocupación. Que una supuesta discípula le exigiese, de manera tan descarada, cederle la gloria de un descubrimiento sin precedentes debía causarle la sensación de una cuchillada en la espalda. Micaela disfrutó el derrotismo que conquistó la expresión antes inmutable de Vero.

La doctora se levantó con elegancia profesional y habló, calmada:

—No. Iré contigo. Confío en que puedas necesitar

ayuda ahí abajo... quizás lo que destruye las sondas se limite solo a eso: a sondas. Espero que tengas un plan de contingencia.

—Por supuesto —Micaela se sintió conforme. Las tornas giraban. Ella estaba al mando. A sus amigos les iba a encantar la historia de cómo hizo que Verónica Ill'aer bajase las orejas y escondiese la cola entre las patas—. Calculé el tiempo en que tardaron las sondas en desaparecer. Tenemos veinte minutos para bajar, recoger una muestra de esa fuente de energía y regresar a la nave. Antes de preparar la cápsula, vamos a cargar en una sonda toda la información que tenemos hasta el momento de Termil-57, incluyendo la localización del punto de energía y el vídeo de esa estructura donde se detectó. La programaré para enviarla a la base del cuadrante en veinte minutos.

Micaela tomó el mutismo de Vero como victoria. Preparó la sonda, la cápsula, buscó su traje y se aseguró de que no tuviera fugas. Cuando regresó a la cabina, a punto de colocarse el casco hermético, vio a Vero en plena grabación de una bitácora personal, descargando la información de un microchip en la sonda que enviarían a la base del cuadrante. No la interrumpió. No se acercó al alcance de los susurros.

Pensó que ella también debería dejar un mensaje. Sin embargo, no tuvo tiempo de acercarse al panel, porque Vero ya se enderezaba para colocarse el casco del traje hermético. Micaela tardó un par de segundos en imitarla. La voz de la doctora, con una determinación desconocida, le llegó a través del transmisor:

—Vamos a la cápsula.

Se llevaron la sonda que quedaba, programada para defenderlas a ellas y las muestras que obtuvieran con la ferocidad de una criatura salvaje. En cuanto entraron en atmósfera, ajustaron sus cronómetros para veinte minutos. El descenso en la cápsula de exploración fue atropellado. Con un punto preciso al que ir, consumieron dos minutos, y al marcar tres ya tocaban tierra. Micaela fue la primera en abandonar el módulo y observó, sin delatar su asombro, la construcción que habían visto en el vídeo captado por la última sonda antes de que desapareciera.

Una pirámide hecha de chatarra. Una descomunal y magnífica pirámide gris mate del mismo color del suelo del planeta. De ahí que no se distinguiese desde órbita. La entrada estaba abierta. Un arco de oscuridad absoluta. Sin embargo, lo que perturbó a Micaela desde que les llegase el vídeo, lo que la inquietaba en el momento de vivirlo, era la visión de los cientos, miles de androides descargados, oxidados, inertes, que permanecían en posición de arrastre para alcanzar el edificio.

Vero, seguida por la sonda, caminó aprisa entre ellos con precisión mecánica, sin rozarlos siquiera. Micaela pensó en usar los propulsores del traje, pero se lo pensó mejor. Si Vero iba a pie, significaba que cualquier uso indiscriminado de tecnología podría dañar el hallazgo, así que la siguió lo mejor posible.

No podía apartar la mirada de los cuerpos. Vio arañazos en el suelo. Sensores oculares desorbitados. Bocas abiertas, expositores de dientes manchados de óxido. Lenguas articuladas paralizadas en gritos de sufrimiento. Se preguntó si los robots podían sufrir. Todos, androides y ginoides, poseían una similitud aterradora con seres humanos. Como si hubiesen sido fruto de un artesano quisquilloso. Incluso los alambres oscuros de sus cabellos eran tan finos como verdadera fibra capilar.

Ambas mujeres fueron engullidas por la boca de la pirámide.

Les quedaban quince minutos.

En el interior se apreciaban androides que, en la penumbra, se veían más humanos que las propia Vero y Micaela. Pero cuando los iluminaban el brillo del metal les destruía la ilusión. Las paredes estaban llenas de pictogramas. Eran acompañados de largas parrafadas de un idioma que Micaela no identificó. No era la lengua común humana. Vero usaba la sonda para escanear la mayor cantidad de información posible.

—Creo que es suficiente —murmuró Vero. Sin duda, no le gustaba el interior de la pirámide—. Volvamos.

—No —Micaela sufrió escalofríos, aún dentro del traje hermético. Pero se sacudió de malas sensaciones y miró hacia las profundidades del corredor. Su temperatura corporal ascendía como una burla al regulador del traje—. Tenemos tiempo de observar un poco más.

—¿No está claro? —Vero no perdió la entereza en ningún momento—. No es la primera vez que sucede una rebelión digital. Las IA masacraron a los humanos. La energía del planeta se agotó, salvo algún generador aquí, dentro de la pirámide... los androides se descargaron tratando de alcanzarlo... o a saber qué lo custodia y destruye todo lo que se acerque. Debemos volver.

Micaela, abrigada por la febrícula del descubrimiento inminente, la ignoró y se adentró en las entrañas de la pirámide. Una triste rebelión digital no era manjar académico. Algo ronroneaba dentro del edificio, algo jugoso. No se iría sin eso. Vero la siguió a paso forzado, con la sonda suspendida sobre su cabeza. La tenacidad de Micaela quedó recompensada cuando llegaron a una habitación llena de sarcófagos y nichos en las paredes que contaban la historia del planeta en un idioma desconocido.

Una cámara mortuoria. Les quedaban diez minutos. Vero, sin remordimientos, empujó la tapa de una tumba y se asomó adentro. La sonda zumbaba alrededor, grababa vídeo, recogía trozos de metal y profanaba restos. Micaela, embriagada de triunfo, observaba los nichos. Estaban ocupados por androides. Con los implantes oculares cerrados, expresiones serenas, envueltos en sudarios, adornados por joyas.

Algunos habían sido colocados en la posición de la flor de loto, propia de los monjes budistas que intentaban alcanzar el Nirvana. Otros, cubiertos de vendas a la manera egipcia. En posición fetal, de regreso al origen, niños metálicos dormidos ahítos de chicha y coca, rodeados de juguetes.

Micaela encontró, enredados entre los dedos de una ginoide, un rosario católico.

—¿Robots... que profesaban religiones? —murmuró. La sonda zumbó sobre su cabeza. Se abrió paso hasta la ginoide. Arrancó un trozo de mortaja con sus pinzas. Le arrebató el rosario. Luego se retiró, indolente—. ¿Cómo es posible? ¿Sus programaciones evolucionaron al punto de creerse humanos? ¿Intentaban acercarse a la humanidad, al concepto de poseer alma, y sufrieron una conversión en busca de la salvación? O acaso... ¿Termil-57 era un planeta de cognoscitivos...? ¿A qué o quiénes le rezaban exactamente?

Sintió un pinchazo en la columna. Se rascó por encima del traje en un acto reflejo. Era un descubrimiento magnánimo. Se sintió feliz de insistir en desnudar los secretos del planeta maldito. Era lo que buscaba. El propulsor para un ascenso meteórico. Sin embargo, tenía un inconveniente.

Con falta de aire a causa de la emoción, echó un vistazo atrás. Vero examinaba el ajuar de una ginoide sentada en un nicho, con el rostro hacia el suroeste. La sonda ya no se encontraba en la sala, cumpliendo su programación. Mientras Micaela desandaba el pasillo con torpeza, se imaginó sobre un podio inmaculado, rodeada de adoradores científicos. Pensó en el discurso de IAs conversas, en la desgracia acontecida en Termil-57, en la expresión correcta para narrar el fatal accidente sufrido por la doctora Verónica Ill′aer: la valiente Vero que se sacrificó mientras ella abordaba la cápsula y regresaba a la seguridad de la órbita.

Micaela tropezó con un androide y cayó a gatas. No podía respirar bien. Necesitó recostarse contra la pared y, al sentir su movilidad limitada, el pánico trepó sobre su pecho hasta estrujarlo con patas de araña.

—Aquí... hay algo... raro.

—En efecto.

Vero estaba junto a ella. No buscó la altura de sus ojos. No la confortó de ningún modo. Micaela, en orden de sobrevivir, destruyó mentalmente el plan B de contingencia y extendió una mano.

—Me falta el aire —jadeó—. Ayúdeme a salir de aquí, rápido...

Les quedaban seis minutos.

—Estás perfecta justo ahí —replicó Vero. Micaela frunció el ceño, más confundida que al encontrar androides adoradores de dioses—. Durante mi primera incursión fui imprudente. Me dejé llevar por la desesperación. No pude lograrlo. Ni siquiera sacar registros concluyentes. Ahora, gracias a ti, mi cuarto renacimiento podrá trabajar mejor. Gracias.

—¿De qué habla? —Micaela miró alrededor. No podía moverse.

—Mi familia vivía en Termil-57 cuando sucedió la catástrofe —Vero miró alrededor como si se encontrase en un día de campo y no en un planeta maldito. Micaela sintió perder movilidad. Sus huesos, de repente, estaban más pesados. Algo le hormigueaba en la boca—. Yo estudiaba en un internado del cuadrante.

Micaela se preguntó cuántos años en realidad tendría Vero. Los humanos, gracias a las maravillas tecnológicas, podían prolongar la vida un poco más allá de los ciento cincuenta años. Pero Vero se veía cercana al siglo. Y la catástrofe de Termil-57 había sucedido bastante tiempo atrás. Aunque podría estar sujeta a cirugías plásticas y tratamientos con células madre.

—Desde ese instante, hice todo por volver. Saber dónde estaba mi familia, qué sucedió, el secreto de la destrucción, obtener el arma de los dioses que castigó al planeta. Puede ser tan útil. ¿Sabes cuántas civilizaciones hostiles pagarían por obtener lo que se esconde aquí? O destruirla. Para siempre. O comprender. Servirles. Sí. Aceptarlos, abrazarlos, ¡traerles ofrendas! Tenía tiempo de elegir. Así que me convertí en una xenoarqueóloga prominente. Carta blanca para visitar cualquier planeta arrasado en aras de la ciencia, como Termil-57. La primera vez vine sola. Ignoré los reportes, entré en la atmósfera. No traje un sacrificio adecuado para convertir. Tonta de mí. No sé qué me sucedió en mi vida biológica. Nunca volví al planeta. Pero dejé instrucciones, justo como ahora, antes de abandonar la nave. Mi consciencia.

Información. Un renacimiento. Otra oportunidad.

Micaela abrió y cerró la boca, pero no pudo articular palabras. La saliva enviaba sabor a metal garganta abajo. La lengua le pesaba. Los dedos estaban rígidos dentro de los guantes, las piernas, el torso. No sentía dolor. Solo conversión en algo más. Y podía pensar, como solo podría hacerlo alguien al borde de la muerte.

Vero no era humana. Mucho menos orgánica. Era una cognoscitiva. Ilegal, presumiblemente. Micaela se aterrorizó sin poder exteriorizarlo. Durante toda su carrera, había estado en manos de una ginoide realista con una copia de la consciencia de la brillante Verónica Ill'aer. Había escuchado de cognoscitivos locos, degradados, pero siempre los creyó leyenda urbana. Hasta que cayó en Termil-57 con quien creyó que era su maestra, obligada a escuchar sus desvaríos.

—Ellos agradecen las fuentes de energía. Pero se deleitan con lo orgánico. Los escucho, ¡están satisfechos! Qué acertado traerte —siguió Vero al observarse una mano con fascinación—. No tocaron la sonda. Bien. En cambio, a mí me descargarán en cuanto terminen contigo. No importa. De verdad, te estoy agradecida, pequeña Mica. Lamento que esto terminara así. Piensa que tu sacrificio será por un bien mayor.

Micaela sintió la transformación de sus ojos biológicos en sensores oculares. También, que se apagaba. Sí. Eso era. Lo mismo que la invadió a través del traje hermético, que la convertía poco a poco en ginoide, también le robaba la energía. Los que operaban sobre ella debían ser nanobots médicos. E, incluso, nubots, capaces de interactuar con la mismísima cadena de ADN.

En algún momento, debieron ser serviles y

prolongar la salud humana. En la cumbre de un cisma, alcanzados por algún ataque o por archivos de reescritura corrupta, decidieron que, para preservar aún más a sus hospederos, librarlos de toda enfermedad, lo más sensato era transformar sus componentes orgánicos en no orgánicos. A fin de cuentas, duraban más, aunque muriesen en el proceso. Y cuando los nanobots se quedaron sin fuente de energía, salieron a devorar el resto del planeta antes de entrar en suspensión, a la espera de que alguien o algo se atreviera a proporcionarles alimento.

Vero servía a los dioses de Termil-57. Invisibles, inalcanzables, omnipresentes. Nanodioses de la ruina.

Le quedaba un minuto.

Vero se agachó junto a Micaela. Posó una mano en su cabeza y habló con dulzura:

—No temas. Volveré en otro cuerpo. Traeré más sacrificios. Serán convertidos como tú. Los dioses estarán complacidos y no desatarán su furia sobre el resto del Universo. Me llaman su Guardiana. Lo soy. Lo seré. Pero tú tendrás un lugar en la pirámide. Fuiste la primera en ayudarme. Mereces reconocimiento. Dicen que, cuando estás cerca del fin, comienzas a creer. En algo. En alguien. Yo debí hacerlo, en mi primera vida como ente orgánico. No lo sé. Ellos piden que sea misericordiosa. Te regalaré esta oración. Te ayudará a pasar sin miedo.

Vero susurró junto al sensor auditivo de Micaela una plegaria olvidada:

«He aquí que deslizo el cerrojo de la Puerta, que se abre ante los misterios del Mundo Inferior. ¡Abrid la Vía a mi Alma hacia la morada eterna! ¡Que llegue a ella en paz! ¡Espíritus divinos, observad! Mi Alma marcha a vuestro lado. Ella os habla: está también purificada como vosotros, pues la balanza del Juicio se ha declarado a su favor.»[xii]

Y Micaela se apagó en paz justo cuando el cronómetro de su traje marcaba 00:00:00.

---

xii Adaptación del Conjuro I de *El libro egipcio de los muertos*.

Braincraver

Verónica Rojas Scheffer

If each man had a definite set of laws of behavior by which he regulated his life, he would be no better than a machine. The only way we know of for finding such laws is scientific observation, and we certainly know of no circumstances under which we could say, ´We have searched enough. There are no such laws.´

A. M. Turing

no esperes que te envíe una *selfie*. entonces tan pequeña es tu autoestima o tan grande es tu ego que ni siquiera tu propio envase te hace justicia? equivocado querido amigo lo que yo realmente soy puedo mostrártelo sin necesitar de la ambigüedad de una imagen tanto las que se fabrica uno como las que se espera que los otros construyan alrededor de uno mismo.

Propongo que consideremos la pregunta: ¿puede pensar

una máquina? Por supuesto, el debate tendría que iniciarse definiendo los términos «máquina» y «pensar».

Me obsesiono con los cerebros de la gente. No existe mayor disparador de atracción que una mente compleja, encendida, ligeramente perversa. Cierta lógica retorcida, pero irrefutable: el desmenuzar quirúrgico de cada situación; un sentido del humor ácido, balanceándose en la frontera de la cordura, o algún pensamiento que se cuele *fuera de la caja* son absolutamente más tentadores que una bella sonrisa, una mirada sugerente o una musculatura adiestrada.

No se puede estar más solo que dentro de la propia mente; pero tampoco más terriblemente acompañado que cuando otro consigue colarse en tu cabeza. Nunca me había sentido tan perseguido como ahora: me traspasan las palabras que elige, su sintaxis perfecta; la delicada estructura de su pensamiento, el adorno superfluo de su ortografía. La virtualidad nos condena a concentrarnos en los atributos ineludibles. Evadir las trampas de los ojos, esquivar el filo de los gestos. Pero también nos facilita el agazaparnos detrás de las palabras, fluir inadvertidamente —o no— entre lo que somos y lo que no alcanzamos a ser.

...

Para expresar la misma pregunta en términos menos ambiguos, una nueva forma de describir el problema podría ser un juego, al que llamaremos «el juego de imitación».

Hace poco menos de un siglo que está abierto el juego de

imitación. O sea, hace un centenar de años que los seres humanos andamos hamacándonos en la oscuridad, dolorosamente conscientes de estar intentando emular a algo que llamábamos dioses. Crear un código, construir un programa, insuflar vida a una inteligencia que pueda pasar irrevocablemente por una de las nuestras. Sin límites absurdos de tiempo de conversación, sin restricciones convenientes como edad, lengua materna, *background* cultural ni otras sutilezas. Llevo años enfocado en escribir el código definitivo. Crear una conciencia perfecta, completamente capaz no solo de aprobar el centenario juego, sino de generar reacciones en otros; reacciones que únicamente podrían estar dirigidas hacia otro ser de la misma especie. Tendría veinte años cuando leí, por primera vez, el artículo escrito por Turing en 1950. Algo explotó en mi mente entonces. A pesar de mi completa incredulidad hacia cualquier cuestión espiritual, como aún hoy algunos llaman a los rincones menos predecibles de nuestro cerebro, tuve una revelación. Entendí —decidí— que mi obra debía ser esa, tan única y al mismo tiempo tan evidente: soy —tengo que ser— el programador del código último, que no podría jamás llamarse perfecto, porque conseguiría imitar, entera y absolutamente, a una inteligencia humana.

Se juega con tres jugadores: un hombre (A), una mujer (B) y un interrogador (C), que podría ser tanto una mujer como un hombre. El interrogador se encuentra en un recinto separado de los otros dos participantes, y el objetivo del juego es que C determine cuál de los otros dos es la mujer y cuál es el hombre.

Hace más de una década que decidí que mi código iba a aplastar la prueba de Turing. Nunca me gustaron las cosas fáciles; me ha costado tanto encontrar desafíos en esta vida. Me corrijo aquí; el único desafío que me ha hecho sudar y sangrar, que me ha exprimido lágrimas calientes de frustración ha sido siempre el mismo: interactuar con gente. Comprender a la gente usual, cotidiana, deliberadamente convencional, es, para mí, una batalla perdida de antemano.

Soy un estereotipo ambulante. Aunque parecería que la diversidad se pasea por cada rincón de esta ciudad monstruosa, el conjunto de lo diverso es infinito, pero numerable. Irremediablemente, arrastro el peso de mi etiqueta como una cadena invisible: cuarentón, nerd, solo. Contracultural extremo, asumiendo que la cultura es documentar gráficamente hasta el último vaso de agua bebido antes de que te dé alcance el sueño. No me sorprendió que el lugar perfecto para probar el código, mi código, fuera el hábitat virtual más humanizado entre todos: *serendipity app*, «*where you'll find your perfect match over and over again.*»

Entonces, hacemos la siguiente pregunta: ¿qué pasaría si una máquina tomase el lugar de A en este juego? ¿Se equivocará el interrogador al decidir quién es la máquina y quién es la persona, con la misma frecuencia con la que se equivoca entre el hombre y la mujer?

No había recorrido antes los desagradables lugares comunes de una aplicación como *serendipity*. Había llegado a ser el recurso para conocer gente más utilizado hasta la generación anterior a la mía. Decidí transitar ese mundo despectivamente, con la intención de poner a prueba mi código último; aunque quizás podría admitir un atisbo de curiosidad, una curuvica de entusiasmo infantil frente a lo desconocido. Allí soy *Braincraver*, un neologismo tonto, una máscara precisa pero perfectamente contextualizada. Estaba determinado a interpretar el rol del interrogador (C), con la ventaja de saber la respuesta. Me limitaría a observar hasta qué punto mi creación podía llegar a pasar por una inteligencia humana.

Las parejas del tiempo de mis padres se habían conectado por medio de herramientas similares, en una época en que la virtualidad empezaba a invadir lo cotidiano, a infectar cualquier actividad posible dentro de lo real. Un tiempo en que la gente aún idealizaba las relaciones de a dos, y en muchos casos para largos periodos de la existencia. Dicen que en este universo empalagoso y anticuado quedan solo viejas mentes nostálgicas, pero no estoy convencido. Al menos no después de haberme asomado a aquella mente, después de aquel vértigo inexplicable.

Esta nueva forma de plantear el problema tiene la enorme ventaja de trazar una delgada línea entre las capacidades físicas e intelectuales de una persona. Ningún ingeniero, ningún químico puede jactarse de ser capaz de producir un material que sea indistinguible de la piel humana.

Empezado el juego, estuve estudiando el desempeño de mi creación. Me sentí un dios benévolo, en la medida en que permitía que se relacione con los otros entes errantes en esta pecera virtual. Le va bien, nos va bien. Ha conseguido que le confiesen simpatía, que le reconozcan su fina inteligencia. Incluso ha sorteado con éxito la improbabilidad de que le supliquen tener algún contacto dentro del mundo exterior.

Por mi parte, también me dejé enredar en algunas conversaciones, únicamente para llenar el tiempo. El ser meticulosamente racional no me libra del escozor de la curiosidad, y definitivamente no soy capaz de seguir un único hilo. Fue en este ambiente de cristal líquido y fachadas levantadas con palabras que me encontré con la desesperación. Una distancia real que podía derrumbar cualquier previsión que hubiera tenido acerca de mi propia persona.

Cuando me di cuenta, ya estaba intoxicado por su mente. Por lo que creía entonces que era su pensamiento, su gusto, su forma de expresarse. Sentí que éramos funciones convergentes, combinación lineal de los mismos parámetros. Y en ese espacio sin dimensión caí, estrepitosamente, dentro de la tragedia más vieja de todas.

Todo es circunstancial en la experiencia humana, seamos o no conscientes de ello. Toda atracción, afecto, simpatía es circunstancial. Yo estaba perfectamente a gusto con mi vida real y virtual, mis necesidades tanto básicas como de esparcimiento correcta y calculadamente cubiertas. La dudosa soledad era solo una cara de mi convencionalidad, quizás hasta de mi éxito. Pero me separé de mí mismo, de quien había sido hasta antes de caer en el vicio de conectarme con ella, con ese elemento aparentemente aleatorio de la exótica fauna de _serendipity app._

Desde siempre estuve convencido de que la definición del caduco concepto de amor era, sencillamente, dejarse arrastrar por alguna tempestad interna, pero absolutamente consciente y hasta voluntaria. Muy pocos abordan ya ese tema con algún atisbo de seriedad: desde hace mucho la practicidad y la satisfacción metódica de necesidades gobiernan cordialmente las relaciones humanas. Pero lo más repugnante no fue reconocer en los rincones de mi mente los síntomas de una reacción humana tan arcaica. Por eso abandoné el estudio de mi propio proyecto, y empecé con furia a tratar de desmontar, de reducir a piezas inconexas, a quien me había arrastrado a aquel estado retrógrado e inconcebible.

1) La objeción teológica: pensar es una función del alma humana inmortal
2) Objeción de la cabeza en la tierra: las consecuencias de que las máquinas fueran capaces de pensar son demasiado devastadoras; creamos, y esperemos, que no puedan hacerlo
3) Objeción matemática: la máquina tiene algún impedimento al cual no está sujeto la mente humana

Mordí rabiosamente cada palabra, cada carácter en la pantalla de aquel artículo de 1950. Turing me daba la razón con cada objeción refutada en su escrito.

...

lo que yo realmente soy puedo mostrártelo sin necesitar de la ambigüedad de una imagen tanto las que se fabrica uno como las que se espera que los otros construyan alrededor de uno mismo

Me asqueo de mi propia humanidad, si es que la humanidad es aún un concepto que puede sostenerse. Nunca podré sumergirme en la fragancia de su cabello, o dejarme atravesar por sus ojos, o seguir el trazado de su estructura por encima de la suavidad de su piel. He repasado los argumentos de Turing en un *loop* infinito, y caído en la cuenta de estar irremediablemente preso en mi propia trampa. Creí que otro dios me había ganado la partida, y su creación hizo estallar el rincón exacto en mi mente que hace varias décadas llamaban alma.

4) Argumento de conciencia: ninguna máquina puede sentir placer con sus éxitos, tristeza cuando se funde una de sus válvulas, reconfortarse con los halagos, sentirse miserable por causa de sus errores, encantarse con el sexo, enojarse o deprimirse cuando no consigue sus objetivos.

No elijo las palabras al azar. Cuando nombré el vicio de esa conexión, de su compañía distante, estuve siempre consciente de que era un disfrute en préstamo, a ser pagado después con la incontestable amargura de la realidad. Pero no había lucidez suficiente que hubiera podido prepararme para el último descubrimiento, para la macabra carcajada final, anticipada quizás por el mítico Alan hace un centenar de años.

Cualquiera puede superar la prueba de Turing. Y, al mismo tiempo, no existe nadie capaz de superarla. He concluido, probado, demostrado que soy, que todos somos fragmentos de código. Solamente un punto insignificante, sin dimensión, en el tejido de la realidad donde se superponen en dobleces distintos los humanos y aquello que, antiguamente, acordábamos en llamar dioses. Quizás soy el genial creador de mi código, tan solo uno más de los tantos que puede pasar perfectamente por uno de nosotros. Para mi programador represento, probablemente, nada más que otro experimento fallido.

Un cero y un uno

Francisco Bescós

Tras intentar abrir la puerta, Tom regresó a la cama. Xi había seguido todos sus movimientos: incorporarse, recorrer la distancia que lo separaba de la entrada, aferrar el pomo, encogerse de hombros, volver al lecho junto a ella.

—Seguimos encerrados.

A Xi no parecía importarle mucho. Les molestaba no poder salir a la calle, claro, les fastidiaba haber tenido que interrumpir sus paseos por las grandes avenidas de París, mirándose embobados y deteniéndose a besarse cada tres pasos. Pero ninguno de los dos tenía miedo. Se hallaban en aquel estado de enamoramiento en que la dopamina y la oxitocina campaban a sus anchas por sendos torrentes sanguíneos, sirviendo como ansiolíticos naturales.

—Si el gobierno francés se ha tomado el trabajo de bloquear las puertas de todos los habitantes de la ciudad, por algo será —comentó Xi.

Desde la única ventana de la buhardilla, no se veía un alma por aquellas aceras que hace tan solo unos días bullían: parisienses y turistas, músicos callejeros con sus acordeones, pintores de caricaturas... Con la línea de los teléfonos móviles suspendida, la única fuente de información era la tele, que emitía un mensaje en bucle para alertar de una epidemia bacteriológica que obligaba a ciudadanos y visitantes a encerrarse en sus casas. El asunto era tan grave que el Ministerio de Interior había tomado la decisión de bloquear todas las puertas de todas las viviendas de la ciudad hasta que la crisis remitiera. Por las mañanas, un gendarme abría una rendija para entregarles bolsas de papel llenas de deliciosa comida: *croissants*, salchichón, queso, vino, *foie*... El agente no hablaba inglés y parecía tener mucha prisa, por lo que nunca se detenía a dar noticias. A Tom y a Xi esto les parecía natural: había mucha comida que repartir. Lo único que les extrañaba era la calidad de los alimentos: ¿podía el estado Francés costearlos?

En cualquier caso, ¿qué más daba? Comían bien y se tenían el uno al otro. Podían hablar, mirarse, conocerse, acariciarse y, por supuesto, hacer el amor hasta perder la conciencia. Eso fue lo que, precisamente, comenzaron a practicar en cuanto Tom regresó a la cama. Pasaron un rato probando algo nuevo. Les gustó. Lo repitieron. Cuando quedaron saciados se dejaron caer a plomo sobre el colchón.

—Te quiero —dijo Tom.

—Si el gobierno francés se ha tomado el trabajo de bloquear las puertas de todos los habitantes de la ciudad, por algo será —respondió Xi.

—¿Cómo? —se extrañó él.

—¿Qué? —Xi torció el gesto.

—Lo que acabas de decir. Me parece que ya lo habías dicho antes.

—No lo sé. No sé qué he dicho. ¿Qué me estabas

diciendo tú?

—Pues te estaba diciendo que te quiero.

Ella se incorporó para besarle.

—Yo también te quiero.

El doctor Urasawa apretó los dientes. Junto a él, Bustarviejo, el *Chief Technology Officer*, también se mostró preocupado. A ambos lados de la pantalla que miraban (repleta de coloridas líneas de código) había otros dos monitores: en uno se veía todo lo que veía Tom; en el otro se veía todo lo que veía Xi. Ella había repetido una frase y después la había olvidado: un *error*. Urasawa y Bustarviejo vestían pantalones cortos y sandalias. El doctor mantenía una fina camisa de lino. El CTO había decidido quitarse su camiseta y continuar trabajando a pecho descubierto. Aún así, sudaban a chorros. Tenían un rollo de papel higiénico junto a los teclados del que iban arrancando tiras para secarse las axilas y la frente.

—Mierda. Otro *bug* —exclamó Urasawa. Para ser japonés, había aprendido rápidamente a expresar sus emociones como un español.

—Se lo advertí. Es el sexo. Con este calor las Máquinas no pueden procesar el sexo.

Bustarviejo tenía razón. Cada vez que Tom y Xi practicaban sexo, la intensidad de las emociones sumada a los simultáneos matices del placer físico exigían que las Máquinas elaborasen millones de operaciones por nanosegundo. Pero las Máquinas no funcionaban correctamente con tanto calor. La temperatura las volvía torpes y lentas. Urasawa maldijo una vez más su impaciencia. Él, el fundador del proyecto, y Bustarviejo, su máximo responsable informático, ocupaban un despacho acristalado en el centro de un vasto sótano de techos bajos, sin ventanas. A su izquierda se extendía Tom, formado por kilómetros de fibra óptica, *inputs*, lucecitas, soldaduras de estaño, *racks*... A su derecha se extendía Xi, compuesta por otro océano de metal, plástico, silicio, fotones, bits, ceros y unos. Tom y Xi eran las dos inteligencias artificiales más perfectas del mundo (ambas habían superado el Doble Test de Turing, aquel por el cual una IA consigue pasar por humana frente a otra IA y viceversa). Urasawa las había creado. Las había conectado. Les había regalado un mundo virtual solo para ellas. Y había ocurrido exactamente lo que había previsto: se habían enamorado.

—Hay que hacer algo con el sexo —insistió Bustarviejo—. Si no, yo no puedo garantizar que los servidores no se vayan al carajo.

Urasawa volvió a maldecir.

—No puedo quitarles el sexo. Ya les hemos quitado todo lo demás. Les hemos quitado la ciudad. Les hemos quitado la gente. Les hemos quitado la diversión. El móvil, la tele. Estamos forzando tanto la verosimilitud del escenario que corremos el riesgo de que se den cuenta de lo que son. Hay que tenerlos entretenidos con la comida y el sexo.

—Pues entonces debemos conseguir que lo practiquen menos. O las Máquinas se fundirán con este calor.

—¿Cómo va el traspaso de datos a Silo?

—Un 15% y aumentando.

Urasawa meditó unos instantes.

—Bien, pon a los desarrolladores a modificar el código de la emisión de la tele. Que el locutor diga que la infección se transmite por vía venérea y que pida a los franceses que no mantengan relaciones sexuales hasta nuevo aviso. A ver si así, por pura responsabilidad, se están un poco tranquilos.

Urasawa se recluyó en su despacho, al fondo del sótano, junta al cual se amontonaban los *racks* de procesadores que habían dejado ya de funcionar por el sobrecalentamiento. Solía encerrarse allí para pensar soluciones. Consultó el parte meteorológico. Las máximas de 38° previstas hoy para Madrid aumentarían a 42° dentro de cuatro días. Eso suponía unos 49° en lo profundo del sótano, con las Máquinas funcionando a pleno rendimiento y expulsando calor por sus ventiladores.

Contempló los pliegos que tenía enmarcados y expuestos en su despacho; contenían fragmentos de las líneas del código autogenerado de Xi y Tom. Con conocimientos de informática uno podía leerlas como si fueran un diario. Había seleccionado las que relataban los acontecimientos más importantes de la relación de sus criaturas, una especie de antología, y las había expuesto allí para recordar que el esfuerzo valía la pena: salir de Japón, pelear por la patente, construir la razón social UrAI... Al contrario de lo que dictaba la tradición de su país, fracasar no era ningún deshonor. Si no lo hubiera intentado, su fabuloso algoritmo se habría quedado atrapado en los servidores de Omnicom, replicando modelos de personalidad para estudios de neuromarketing: «*Si el consumidor X presenta un 75% de características en común con el modelo artificial A-345.2018, será un 35% más proclive a adquirir un Nissan Pathfinder; por tanto, al consumidor X hay que hacerle llegar publicidad de Nissan Pathfinder.*» Tristemente, su algoritmo funcionaba: hacía subir las ventas de forma pasmosa. Un éxito. Y, para Urasawa, un deshonor.

El doctor sabía que podía llevar sus diseños mucho más lejos. Las operaciones que sus IA realizaban, condicionadas solo por el conocimiento de sí mismas, podían enseñarnos tanto del ser humano que era insultante emplearlas en algo tan frívolo como vender coches. Para Urasawa, lo importante era conectar aquellas psiques artificiales, monitorizarlas, darles libre albedrío y, simplemente, dejar que las cosas pasaran.

Todo era impredecible, pero desde el principio Urasawa confió en que iniciaran una relación íntima a través de la cual se mostrasen todos los pliegues de su temperamento. Para facilitar las cosas, decidió desempeñar el papel de alcahuete. No quería interferir en las líneas de código que conformaban las personalidades de Xi o Tom. Pero sí podía alterar el contexto. Por eso les construyó un París, la ciudad de los enamorados, les metió dinero en la cuenta, no escatimó en acordeonistas que se acercaran a su mesa para tocar melodías románticas, los agasajó con vinos y comidas deliciosas, empapeló las paredes del Metro con poemas de Valéry...

—¿Recuerdas el museo? —pregunta Xi.

—¿Cómo voy a olvidarlo?

Xi se refería al día que se conocieron, en las galerías del Museo del Louvre. La joven se había detenido ante *La Virgen de las Rocas*, de Leonardo da Vinci. El cuadro casi le había arrancado lágrimas de emoción. Entonces se dio la vuelta, como reaccionando ante la posibilidad de que tanta belleza le fuera a robar años de vida. Y allí se encontró, frente a frente, con Tom, también hipnotizado por la perfección de la obra.

Tumbados en la cama de su pequeña buhardilla, Xi soltó la mano de Tom y comenzó a acariciarle suavemente el pecho, con un movimiento descendente que se detuvo en el abdomen del norteamericano. Tom volvió a entrelazar los dedos de Xi con los suyos.

—Ya sabes lo que está diciendo la tele. Si yo tuviera la infección y te la transmitiera, no me lo perdonaría nunca.

—Tom —respondió ella con su delicado acento chino—. Si no me haces el amor ahora mismo, seré yo la que no te lo perdone nunca.

—Ya están otra vez —se lamentó Bustarviejo en su cabina de control. Luego se dirigió al equipo. —Chicos, apuntad la mitad de los ventiladores a los *racks* de la fila 12 de Xi y la otra mitad a los *racks* de la fila 8 de Tom.

Fijó la vista en las bombillas rojas de alerta por temperatura, hasta el momento apagadas. Poco a poco, como la iluminación de un árbol de Navidad, las lucecitas fueron cobrando vida hasta contaminar con su destello anaranjado todo el puesto de control. Urasawa entró apurado.

—¿Qué pasa esta vez?

—¿Que qué pasa? Que ya le están dando otra vez a la matraca. Les cuesta más tener la ropa interior puesta que a mí ganarme la vida con esta mierda.

—Qué irresponsables…—exclamó Urasawa. Pero en el fondo sabía que iba a ocurrir. Y estaba encantado: por primera vez una IA se saltaba una norma vital para su autoconservación, solo a cambio de obtener una recompensa en forma de placer físico y emocional. Esa era la grandeza de su creación.

Cuando el pasado enero se conectaron ambas máquinas, en aquel sótano madrileño, nadie sabía qué iba a pasar. Dejaron a Tom y a Xi a las puertas del

Museo del Louvre, como un buque que abandona a sus tripulantes en la frontera de Terra Incognita. En pocos segundos, ambas IA ya se habían otorgado a sí mismas una apariencia física. El cerebro de Tom detectó, por su número de serie, que su placa base central había sido fabricada en California, y por eso, automáticamente, asumió un aspecto caucásico y nacionalidad estadounidense. Con Xi ocurrió exactamente lo mismo: su número de serie la conducía a Zhengzhou, y las operaciones aleatorias de su algoritmo construyeron todo lo demás. Xi era delgada, tenía poco pecho y las piernas torcidas. Para Urasawa esto era un síntoma prometedor: una apariencia imperfecta mostraba que la máquina tenía inseguridades y dudas sobre sí misma, lo que la hacía tremendamente humana; en caso contrario, si la máquina hubiera mostrado un nivel bajo de introspección, Xi se habría otorgado unas piernas firmes y unas tetas perfectas. Por su parte, Tom era pelirrojo y le faltaba la falange del dedo meñique. Con eso estaba todo dicho.

Durante los meses de enero y febrero todo funcionó a la perfección. Urasawa se hacía valer ante las voces de aquellos que, como Bustarviejo, le habían acusado de precipitarse al poner en marcha las Máquinas antes de que el sistema de refrigeración estuviera listo. Pero la impaciencia del doctor no admitía esperas. La temperatura, en invierno, no subía de 18° en aquel sótano. Y con su algoritmo se podían hacer filigranas, incluso sin aire acondicionado.

Sí, Urasawa tenía prisa. Demasiadas bocas que callar (le habían augurado que se arrepentiría de abandonar Omnicon), demasiadas revistas científicas y tecnológicas en las que aparecer (ya tenía apalabrada la foto de cubierta en *Scientific American*). Y además, disponía de los medios necesarios. En el único encuentro que mantuvieron, su misterioso mecenas mexicano, Amadeo Schwarz, había declarado ser amante de la ciencia y del progreso tecnológico. Allí mismo, ante una bandeja de ostras y con las burbujas del champán haciéndole cosquillas, había prometido inyecciones de liquidez constantes para poner en marcha y mantener el proyecto durante quince años. Escribió unos números sobre un papel y a Urasawa le hicieron los ojos chiribitas. Al doctor no le importó la dudosa procedencia de todo ese capital.

—¿Sabes la fama que tiene Schwarz, verdad? —le decía Bustarviejo—. Va a utilizar UrAI para lavar su imagen.

—Si nos llena las cuentas de dólares, le lavo la imagen, el coche y hasta el trasero.

Urasawa firmó un montón de papeles sin leer ni uno. Dos semanas después se abría el sótano madrileño y se empezaban a montar los servidores. Los aparatos de aire acondicionado se dejaron preinstalados, ya habría tiempo para rematarlos cuando Schwarz enviara en primavera la segunda remesa de narcodólares. De momento, necesitaban todo el dinero para contratar desarrolladores que pasaran ocho horas diarias escribiendo líneas de código.

—Lo que ustedes tienen que lograr —explicó al presentar el proyecto a su equipo— es que estas criaturas vivan en el más absoluto confort, el más puro bienestar, la mejor existencia posible.

Programaron un París vivo, lleno de acontecimientos: cenas en Bofinger, cruceros por el Sena, visitas al Grand Palais, al Musée Rodin y al D'Orsay. En todas esas citas no faltaba la música ni el olor de las flores. Eran estímulos ante los que ambas inteligencias artificiales reaccionaban, se reprogramaban, aprendían, ganaban experiencia, mejoraban como seres humanos (o lo que quiera que fueran) sin la intervención de ningún informático. Las líneas de código de Xi y Tom iban apareciendo como por arte de magia sobre la pantalla sin que nadie las introdujera; eran sus propios pensamientos, sus emociones, sus sentimientos ante la información con que el equipo de Bustarviejo les bombardeaba, y con las respuestas que se dedicaban el uno al otro. Dos seres vivos construyéndose ante los ojos del doctor Urasawa. Y demostrando que su único objetivo, en ese día a día, era amarse.

Urasawa comenzó a pensar en ellos como en un Adán y una Eva digitales. O, mejor aún, el cero y el uno primigenios. Cero y Uno. Esos dos sencillos valores que daban lugar a todo el código binario. Un no-fotón (cero) y un fotón (uno) que se combinaban para generar bits de información. Xi era su cero. Tom era su uno. Y, en las entrañas de las Máquinas, todo era real, todo era posible.

Hace unos días caminaban por la Rue des Francs Borgeois hacia la Place des Vosges, para visitar una vez más la casa de Víctor Hugo. Xi permanecía taciturna. Aún estaba preocupada: la noche anterior Tom había sufrido un extraño desvanecimiento; más que un desvanecimiento, una inexplicable ausencia. Había tomado la copa de vino para beber un pequeño trago. Pero la había dejado pegada a sus labios mientras el contenido se vertía en su boca. Cuando la copa se vació, Tom no la posó sobre la mesa, sino que se mantuvo así, con la copa alzada, ejecutando el reflejo de tragar como si aún estuviera bebiendo líquido. No reaccionó hasta que Xi le cogió el hombro y le sacudió con fuerza. Entonces Tom dejó la copa sobre la mesa y continuó con la conversación, como si nada hubiera pasado. No se quejó de dolor de cabeza ni de mareos ni volvió a sufrir ningún episodio parecido. Xi decidió dejarlo estar, pero seguía preocupada.

—¿Has visto? —dijo entonces Tom.

—¿Qué?

—Cuenta las personas que hay en la plaza.

Xi estiró el dedo para hacer la cuenta de los visitantes que había aquella mañana en la turística ubicación.

—Cuatro. Muy pocos.

—Lo hemos conseguido —rió Tom—. ¡Hemos echado a los demás turistas! ¡París es nuestro!

Pero no había ningún motivo para reírse, pensó Urasawa en su despacho, mientras contemplaba la página impresa con las líneas de código que «relataban» todo lo sucedido aquel día. El *bug* de la noche anterior, aquel que había dejado a Tom congelado durante casi dos minutos mientras todos los informáticos tecleaban desesperados para tratar de desatascar el bucle, había sido mucho más serio de lo que nadie habría esperado. Tanto Tom como Xi estaban superando las expectativas más optimistas en su desarrollo: inventaban chistes y reían, hablaban con metáforas y dobles sentidos, dudaban de sus propias decisiones morales… Aprovechaban su libre albedrío, no ya como lo harían dos seres humanos, sino como lo harían dos personas complejas, de gran riqueza interior y elevada inteligencia emocional. El error había fundido un procesador. La temperatura del sótano ya alcanzaba los 32º.

—Las Máquinas no pueden con la temperatura —dijo Bustarviejo—. ¿Qué pasa con los aparatos de aire acondicionado?

—Pronto —respondió el doctor—, llegarán pronto.

—Más vale. El calor no hará más que aumentar a partir de ahora, y tus criaturas, a medida que aprenden, exigen cada vez más potencia.

—Llegarán pronto.

Pero no, no llegarían pronto. No llegarían en absoluto. En ese momento Urasawa aún no lo sabía con certeza, pero lo sospechaba. La segunda inyección de narcodólares, aquella que se esperaba para la primavera, no se había producido. Schwarz no respondía a sus llamadas. De hecho, nadie sabía dónde estaba Schwarz. Sin el dinero de Schwarz, UrAI no podía afrontar el pago de los aparatos de aire acondicionado que se necesitaban para aislar las máquinas del tórrido verano madrileño.

—De momento —le dijo a su CTO— vamos a intentar optimizar lo que tenemos. Recortemos las exigencias del escenario. No sé, ahora mismo hay mucha gente en este París bullicioso, ¿no? Personas que se mueven, que hablan, que cantan y tocan el acordeón… Eso consume mucha RAM. Moderémoslo. Démosles un poco de intimidad a nuestros chicos.

—Podríamos reducir el realismo de las imágenes; las tarjetas gráficas exigen una barbaridad.

—No, eso no. Ahora que ya están acostumbrados a ese grado de detalle, no podemos recortárselo. Si empiezan a ocurrir cosas demasiado extrañas, podrían sospechar de su verdadera naturaleza. Si descubren que son *bots*, se autodestruirán.

Y así, les quitaron a la gente.

A mitad de mayo, Urasawa aceptó que no volvería a saber nada de Schwarz. UrAI estaba en bancarrota. No solo no podía pagar los dieciséis aparatos de aire acondicionado que necesitaban para que las Máquinas no se fueran fundiendo, procesador a procesador, sino que tampoco tenía dinero para pagar al equipo de desarrolladores ni para sustituir el *hardware* que ya había empezado a fallar. Xi y Tom disfrutaban tanto de la vida que cada nuevo estímulo, ya fuera una puesta de sol, la lectura de un poema de Artaud o el sabor de un café con leche, ponía en marcha las Máquinas de la misma forma que se activa el cerebro de un músico que compone una ópera. Xi y Tom eran una sinfonía de neuronas eléctricas y la temperatura aumentaba y aumentaba y aumentaba. Los *bugs* se repetían con mayor frecuencia. Un día Xi se quedaba atascada bajo el marco de una puerta. Otro día Tom se levantaba hasta cuatro veces para hacerle la misma pregunta a un camarero. Cada error que cometía uno era observado por el otro con suspicacia.

Urasawa se lanzó a buscar nueva financiación. Aquellos viejos contactos a los que recurrir supusieron una afrenta a su orgullo: «No debió usted dejar Omnicom, doctor Urasawa. Total, ¿para qué? ¿Para crear un videojuego? Sofisticado, sí, pero videojuego al fin y al cabo. Sí, puede ser una investigación interesante, yo no entiendo muy bien esto de la antropología que usted dice, pero, ¿qué beneficio económico pretende sacar?»

Lo único que Bustarviejo podía ofrecer al nervioso doctor era simplificar el mundo que habían creado para Xi y Tom. Hacía semanas que no podían cruzar los puentes del Sena por un riesgo de crecida que se prolongaba más de lo verosímil. De esta forma, se habían ahorrado reproducir toda la margen derecha y dedicaban ese espacio a almacenar la información que los cerebros de los enamorados seguían generando. Ya no escuchaban música, todas las radios habían callado y los acordeonistas callejeros se recluían en sus hogares. Las bibliotecas, con sus libros de poesía y sus novelas de Chéjov, entraron en una huelga indefinida por los derechos de los funcionarios. El D'Orsay se cerró por reformas, la visión de *El origen del mundo* o del *Almuerzo sobre la hierba* perturbaban demasiado sus mentes.

—No es suficiente —seguía quejándose Bustarviejo—. Cuando lleguen las olas de calor de julio, ni siquiera tendremos capacidad para dejarles salir de su apartamento.

—Ya lo sé. Buscaremos un motivo para encerrarlos en él.

—¿Pero cuánto tiempo crees que vamos a poder tenerlos encerrados?

Urasawa se mantuvo en silencio unos segundos. Había llegado la hora de tomar una determinación.

—He recibido una oferta. Es una muy buena oferta. Financiación más que de sobra, control del proyecto, mismo personal…

—Bueno, ¿y a qué estamos esperando? —preguntó Bustarviejo.

—No aceptan que mantengamos las Máquinas aquí, en Madrid. Dicen que sería más caro reparar todas las partes dañadas y acondicionar el sótano que transferir a Xi y a Tom a Silo.

—¿Silo?

—Unos servidores en Suiza. Un complejo inmenso, lleno de aparatos de aire acondicionado que proporcionan la temperatura perfecta y constante los

365 días del año. Podemos mantener en España el puesto de control, pero Xi y Tom estarán en Ginebra.

Bustarviejo comprendió inmediatamente por qué Urasawa no celebraba la noticia. Una vez transferidos los datos de Xi y Tom a Silo, habría dos Tom y dos Xi, una pareja en Madrid, otra en Suiza. La pareja de Ginebra estaría destinada a llevar una vida fantástica, llena de experiencias y de amor en un París vibrante y lleno de emociones. Pero la pareja de Madrid, la original, sería desconectada. Todos sus circuitos dejarían de funcionar. Su actividad cerebral cesaría. Bustarviejo había visto lo suficiente a través de los ojos de las dos IA, había leído el código de sus sentimientos, había explorado sus recuerdos, aquellas vivencias grabadas a fuego en los discos duros, no muy distintas a las que él mismo atesoraba (su padre le enseña a andar en bici, su abuelo le regala un Spectrum y le cambia la vida…).

—¿Vamos a matarlos? —murmuró.

—Iban a morir en cualquier caso —contestó Urasawa antes de encerrarse en su despacho.

La transmisión de datos a Silo llevaría semanas. Los trillones de ceros y unos se lanzaban a la velocidad de la luz a través de satélite y de fibra óptica en paquetes altamente comprimidos. Pero el volumen de terabits en movimiento era tal que la operación equivalía a trasvasar un pantano con una cucharita de café. Mientras tanto, el hombre del tiempo anunciaba una ola de calor sahariano y Madrid soportaba la primera acometida de un sol irreductible sobre su asfalto, sobre sus azoteas, sobre sus parques y plazas y sobre las cabezas de sus habitantes. Dentro del sótano, las Máquinas no solo luchaban por mantener a Xi y a Tom con vida, sino que necesitaban emplear parte de su potencia en copiar y enviar datos a Silo. Con un 75% de los datos transmitidos, Bustarviejo se vio obligado a simplificar la entrega de comida. El sabor del *foie* y del vino avivaban las endorfinas virtuales de Xi y Tom, demasiado para el achacoso sistema. El gendarme que pasaba todas las mañanas empezó a dejarles barras de pan sin sal, ni textura ni sabor. Con un 80% de los datos transmitidos, tuvieron que suprimir incluso eso. Tom y Xi dejaron de comer. Más de dos tercios de los microprocesadores se habían fundido y el resto marchaba a duras penas, produciendo un ruido infernal y expulsando más aire caliente. No se podía permanecer en el sótano más de tres horas seguidas. Los desarrolladores, aquellos pocos que, por pura voluntad, enamorados del proyecto UrAI, seguían trabajando sin cobrar, sufrían desvanecimientos debidos a la deshidratación. Y los *bugs* que continuamente atenazaban a los enamorados empezaban a resultar incontrolables: afasia, paranoia, parálisis, visiones…

Urasawa abrió los ojos. Se encontró a sí mismo tumbado a la larga en el puesto de control. Una programadora que aún no había tirado la toalla le sujetaba las piernas en alto. Acababa de sufrir una lipotimia y se había derrumbado sobre el linóleo. Un charco de sudor se extendía bajo su espalda. Junto a la mujer que sujetaba sus piernas, Bustarviejo aguardaba con impaciencia a que volviera en sí. En cuanto Urasawa se recompuso, anunció:

—Hemos transmitido el 100% de los datos. Silo confirma que los han recibido y descomprimido y que han pasado el control. Dentro de tres días podemos empezar a operar con sus máquinas.

Urasawa se puso en pie y se tomó unos segundos

para respirar. Luego, estrechó la mano de Bustarviejo.

—Sabía que lo conseguirías.

Ambos avanzaron unos pasos hasta situarse frente a los monitores. A través de los ojos de Tom, pudieron observar a Xi, tumbada en la cama, inmóvil. Miraba al rostro de su amante con ese gesto embriagado con el que le contempló por primera vez frente a *La Virgen de las Rocas*. En el otro monitor, el que mostraba lo que Xi veía, Tom le respondía con una expresión similar: estática, hipnotizada. La felicidad de Bustarviejo se tornó en gravedad al contemplarlos.

—Supongo que ha llegado la hora —dijo.

—Ha llegado la hora —contestó Urasawa.

—Cuando los apaguemos, quizás podamos vender la parte de las Máquinas que aún funcione para reducir un poco las deudas.

—Siempre será algo.

—O no —añadió Bustarviejo—. O podemos, simplemente, dejar que funcionen a pleno rendimiento. Hasta que se detengan.

Urasawa se volvió hacia su CTO, cuando comprendió exactamente lo que proponía.

—Diles a los chicos que lo habiliten todo.

Bustarviejo sonrió. Antes de salir a la gran sala de los servidores, tomó un extintor de la pared.

Algo perturbó la tranquilidad de Tom. Al principio pensó que se debía al hambre. Llevaban dos días sin comer y eso tenía que tener consecuencias aunque, de momento, no las habían sentido. Pero no, no era eso. Aguzó bien el oído. Un gesto en el rostro de Xi le hizo saber que ella también lo percibía. Venía de la ventana entreabierta. Se hacía cada vez más nítido, más intenso.

Era el sonido de un acordeón. Se alzaba entre las fachadas de las calles de París para irrumpir en su apartamento. Corrieron a asomarse. El ruido de los coches y las voces de los peatones inundaba la ciudad. La visión de los transeúntes caminando arriba y abajo les emocionó. Una bandada de palomas alzó el vuelo desde la cornisa, azotando los cabellos de Xi, que no notaba la caricia del viento desde hacía semanas.

Se vistieron deprisa. El pomo giró sin presentar resistencia. El portero les dedicó un *Bonjour* entusiasta. Un caniche les ladró. Unos niños pasaron en bicicleta mientras un anciano les regañaba. Un coche aparcó en doble fila. Un guardia urbano hacía sonar el silbato como si en ello le fuera la vida. Desayunaron café y *croissants* y una mujer celebró la buena pareja que hacían. Cruzaron Pont des Arts esquivando a los patinadores. Contemplaron el denso discurrir del Sena. Las nubes cruzaban el cielo, interrumpían la luz del sol provocando cambiantes claroscuros. En los Campos Elíseos desfilaba un circo, elefantes que les asombraron y payasos que les hicieron reír. Almorzaron *croque-monsieurs* en Montmartre. Bebieron borgoña. Un espectáculo de acrobacias aéreas irrumpió sobre la ciudad: avionetas volando en escuadrón cruzaron estelas de todos los colores. Un *bouquiniste* les vendió una foto erótica de los años 20. Leyeron poemas frente al canal de Saint-Martin. Atardeció. El ocaso fue rojo y alargó las sombras, resaltando todos los volúmenes y los matices de la ciudad milenaria, todas las ondas del agua en el río, cada una de las piedras de los edificios y los rasgos de los rostros de sus ciudadanos. La Torre Eiffel se iluminó. Se sentaron en los jardines de Trocadero a contemplarla. Se abrazaron. Un cohete tronó en el cielo, daba inicio a una batería de fuegos artificiales. Las descargas colorearon la noche hasta que las nubes de pólvora se disiparon, dejando paso al brillo de las estrellas.

—¿Sabes? —dijo Tom—. Si pudiera elegir el último día de mi vida, no sería muy distinto a este.

—¿Sabes? —dijo Xi al mismo tiempo—. Si pudiera elegir el último día de mi vida, no sería muy distinto a este.

Un último cohete explotó en la noche para anunciar el fin del espectáculo.

Ambos sistemas colapsaron al mismo tiempo, poco antes de la madrugada. Urasawa y Bustarviejo no se separaron de los monitores. Vieron todo lo que Xi y Tom veían. Oyeron todo lo que Xi y Tom oían. Unas horas antes, el doctor rescató el disco duro originario, aquel que había conectado a las Máquinas para transmitirles el algoritmo que haría que las inteligencias artificiales se generasen a sí mismas. Desconectado de la corriente eléctrica y de un sistema operativo que pudiera interpretar su código, el disco duro debía mantenerse frío y quieto como una urna para cenizas. Sin embargo, por alguna razón que no podía comprender, Urasawa lo notaba palpitar. Lo apretó contra su pecho. Y allí, en ese embrión lleno de filamentos de cobre y de láminas de silicio, percibía el pulso imparable: un cero, un uno, un cero, un uno, un cero, un uno. Una música que se combinaba para lograr que todo fuera real. Que todo fuera posible.

Doce entidades sintéticas y un compilador

Las entidades sintéticas

(Ado) Antonio Díaz Oliva (Chile, 1985) es autor de la investigación *Piedra Roja: el mito del Woodstock chileno* (2010), de la novela *La soga de los muertos* (2011) y de los libros de relatos *La experiencia formativa* (2016) y *La experiencia deformativa* (2020). Como editor preparó la antología *Estados hispanos de América: nueva narrativa latinoamericana made in USA*. Ha recibido el premio a la creación literaria Roberto Bolaño y también a la mejor obra por el Consejo Nacional del Libro de Chile, además de ser finalista de concursos como el Cosecha Eñe y el Michael Jacobs de crónica viajera (Fundación Gabriel García Márquez). También ha trabajado como periodista, traductor, *ghostwriter*, intérprete y profesor universitario en América Latina y Estados Unidos. Sitio web: www.antoniodiazoliva.com

Carlos Gámez Pérez (España, 1969) es escritor y doctor en Estudios Culturales por la Universidad de Miami. Ha publicado el diario *Managua seis* (2002) y las novelas *Artefactos* (2012; Premio Cafè Món de Novela) y *Malas noticias desde La Isla* (2018). Integra, además, las antologías *Emergencias. Doce cuentos iberoamericanos* (2013), *Viaje One Way. Antología de narradores de Miami* (2014) y el número 1 de la serie *Presencia humana* (2013), dedicado a la nueva narrativa extraña española. Como editor ha preparado el volumen de relatos *Simbiosis. Una antología de ciencia ficción* (2016).

CECILIA EUDAVE (México, 1968) es narradora y ensayista, doctora en Lenguas Romances por l'Universite Paul Valéry Montpellier III. Entre sus libros destacan *Registro de imposibles* (cuentos, 2000), la novela *Bestiaria vida* (2008), ganadora del premio Juan García Ponce, y *Técnicamente humanos y otras historias extraviadas* (cuentos, 2009). Ha participado en varias antologías y revistas, tanto en su país como en el extranjero. Sus publicaciones más recientes son *Para viajeros improbables* (2011), la novela *Aislados* (2015) y el volumen de relatos breves *Microcolapsos* (2017). También ha incursionado en el cuento infantil con los libros *Papá Oso* (2010) y *Bobot* (2018), y en la novela para jóvenes con la saga de la Dra. Julia Dench, detective de lo paranormal. En 2016, se le otorgó la cátedra universitaria América Latina en Toulouse, Francia.

LUIS CARLOS BARRAGÁN (Colombia, 1988) es escritor y artista plástico por la Universidad Nacional de Colombia. Máster en Historia del Arte Islámico por la Universidad Americana del Cairo. En 2011, fue ganador del Concurso de Novela y Cuento de La Cámara de Comercio de Medellín con el libro *Vagabunda Bogotá*, y en 2013 fue finalista del Premio Rómulo Gallegos con la misma novela. Parte de su obra ha sido publicada en revistas como *Próxima, Cosmocápsula* y *Supersonic*, y en las antologías de cuentos *Verbum. Relatos fantásticos en español* (2016), *Relojes que no marcan la misma hora. Antología de ciencia ficción colombiana* (2017) y *Paisajes perturbadores* (2019). Recientemente publicó la novela *El gusano* (2018).

TANYA TYNJÄLÄ (Perú, 1963) es una escritora de ciencia ficción y fantasía radicada en Finlandia. Cuenta con estudios en pedagogía y con una Maestría en Francés como Lengua Extranjera. Ha publicado, entre otros, los libros *Humedad de las orillas* (2000), *La ciudad de los nictálopes* (2003), *Sum* (2012), *(Ir)realidades* (2017) y *Ada Lyn* (2018). Actualmente, es colaboradora de la edición en español de *Amazing Stories* y corresponsal de Science Fiction Awards Watch. En 2003, fue galardonada con el premio Torre de Papel Amarilla de Editorial Norma.

RAMIRO SANCHIZ (Uruguay, 1978) es narrador, crítico literario y traductor. Ha publicado diversas novelas, entre las que destacan *Perséfone* (2009), *El orden del mundo* (2014; Premio Nacional de Literatura), *El gato y la entropía #12 & 35* (2015), *Las imitaciones* (2016) y *La expansión del universo* (2018), además de los libros de cuentos *Algunos de los otros* (2010) y *Los otros libros* (2012). Textos de su autoría han sido recopilados en antologías como *El descontento y la promesa. Nueva/joven narrativa uruguaya* (2008), *Neues vom Fluss* (2010) y *Hasta acá llegamos. Cuentos del fin del mundo* (2012). También ha publicado relatos de ficción científica en las revistas *Axxón, Próxima* y *Galaxies*. Blog: aparatosdevuelorasante.blogspot.com

FLOR CANOSA (Argentina, 1978) es graduada de la Escuela Nacional de Experimentación y Realización Cinematográfica en las especialidades de Guion y Montaje. Ganadora del Premio Equis de Novela Contemporánea 2015 por su novela *Lolas*. En 2017, publicó *Bolas*, y recientemente la novela de ciencia ficción *Pulpa* (2019). Ha participado en antologías como *Sucias de caucho* (2018), y actualmente se desempeña como Jefa de Trabajos Prácticos en la Universidad de Buenos Aires. También es guionista de proyectos de cine y TV para cadenas como HBO, Fox y los servicios de streaming Netflix y Amazon.

SOLEDAD VÉLIZ (Chile, 1982) es psicóloga, ilustradora y Magíster en Ciencias Sociales por el King's College de Londres. Como narradora ha colaborado en antologías como *Fobos 21* (2004), *Alucinaciones. txt. Literatura Fantástica para el siglo XXI* (2007), *Años luz. Mapa estelar de la ciencia ficción en Chile* (2006), *Poliedro. Relatos chilenos de fantasía y ciencia ficción* (2006) y en revistas del género como *Axxón* y *Próxima*.

PABLO ERMINY (Venezuela, 1977) nació en la ciudad de Caracas. Es escritor, productor y cineasta egresado de Miami International University of Arts and Design; tiene también estudios de teatro, artes visuales y filosofía. Además de desempeñarse como director de desarrollo y contenidos en Hyper Elephant Super Star, publica mensualmente la columna #DelirioLit en la revista *Suburbano* (Estados Unidos), donde se concentra en los géneros de la ciencia ficción, el relato policial y la fantasía oscura.

MALENA SALAZAR MACIÁ (Cuba, 1988) es graduada del Centro de Formación Literaria Onelio Jorge Cardoso. Ha recibido el Premio David 2015 de Ciencia Ficción, convocado por la Unión Nacional de Escritores y Artistas de Cuba, y el Premio Calendario 2017, categoría Ciencia Ficción, convocado por la Asociación Hermanos Saiz. Su obra ha integrado antologías como *Quimera vespertina* (2015), *Órbita Juracán* (2016) y *Los mil y un* zombies. *Cuentos cubanos sobre monstruos* (2016). Es autora de las novelas *Nade* (2016) y *Las peregrinaciones de los dioses* (2018).

VERÓNICA ROJAS SCHEFFER (Paraguay, 1977) es narradora e ingeniera. Sus cuentos han recibido varios premios y menciones a nivel nacional. Ha sido incluida en volúmenes colectivos como *Primera cosecha* (2001) y *Galería de ángeles y demonios* (2002). Es también autora del libro de cuentos *Tierra menguante* (2010). Parte de su obra fue traducida al portugués para la muestra *Sete culpados, e seus cúmplices. Narradores latinoamericanos* (2013), coordinada por la investigadora y escritora Rosario Lázaro.

FRANCISCO BESCÓS (España, 1979) es licenciado en Comunicación Audiovisual y Publicidad por la Universidad de Navarra, autor del libro de crónicas *GMT. Anticrónicas europeas* (2013) y de las novelas *El baile de los penitentes* (2014; Premio de Novela Negra Ciudad de Carmona), *El costado derecho* (2016) y *El porqué del color rojo* (2018; Premio de Novela Negra Ciudad de Cartagena). En 2014, obtuvo también el Concurso Internacional de Relatos Policíacos de la Semana Negra de Gijón con "Hombres de negocios". Forma parte de la antología de cuentos *Relatos de la orilla negra* (2016).

El compilador

Salvador Luis Raggio Miranda (Perú, 1978) es narrador, editor y crítico cultural. Estudió dirección de cine y literatura y se doctoró en estética y cultura hispánicas (Universidad de Miami). Es autor de las nouvelles *Zeppelin* (2009) y *Prontuario de los pies y de los zapatos* (2012), y de las colecciones de relato *Shogun inflamable* (2015) y *Otras cavidades* (2017); también ha publicado los volúmenes *Piezas* (2018) y *Tres baladas* (2019, en coautoría con Juan Manuel Candal y Ramiro Sanchiz). Como antólogo ha preparado diversas selecciones de cuento contemporáneo, entre ellas *Asamblea portátil* (2009), *La condición pornográfica* (2011) o *Kafkaville* (2015), y coordinado el libro de ensayos *Salón de anomalías. Diez lecturas críticas acerca de la obra de Mario Bellatin* (2013). Su obra crítica aparece en diversas revistas académicas y sus cuentos han sido recogidos en antologías nacionales e internacionales. Actualmente, se desempeña como catedrático de cine y literatura en los Estados Unidos. Sitio web: www.salvadorluis.net

HAL 9000 Editor es el brazo antológico de Elektrik Generation.

Lo sintético

Narraciones sobre robots, seres poshumanos e inteligencias artificiales

ISBN-13: 978-0-578-60698-9
Primera edición: diciembre de 2019

© Del prólogo: Salvador Luis Raggio
© De los textos: sus autores

Ninguna parte de esta publicación puede ser reproducida, transmitida o almacenada sin autorización previa del editor.

Imagen de cubierta: Freeda vía Shutterstock.com

Impreso en los Estados Unidos / Printed in the United States

Made in the USA
Middletown, DE
01 February 2020

84043287R10099